Hank Blöchinger / Lukas oder Am besten ist, ich halt den Mund

Hank Blöchinger

Lukas

oder
Am besten ist,
ich halt den Mund

Roman

Bibliografische Information der Deutschen Nationalbibliothek
Die Deutsche Nationalbibliothek verzeichnet diese Publikation in der Deutschen Nationalbibliografie; detaillierte bibliografische Daten sind im Internet über http://dnb.d-nb.de abrufbar

Hank Blöchinger:
Lukas oder Am besten ist, ich halt den Mund
Copyright 1996 by Hank Blöchinger

Für die vorliegende, vom Autor für die Veröffentlichung
neu durchgesehene und geringfügig überarbeitete Fassung:
Copyright 2009 by Hank Blöchinger

Herstellung und Verlag:
Books on Demand GmbH, Norderstedt

ISBN-13: 9783837086478

Weitere Bücher und CDs von Hank Blöchinger finden Sie
im Internet unter www.hankbloechinger.de

Inhaltsverzeichnis

Für alle, die betroffen sind

Fürsprache der Gedanken

So laut ich nur kann: Ich will das nicht! Nicht schon wieder. Ich weiß genau, was auf mich zukommt. Ich spüre die Angst in mir aufsteigen, obwohl ich noch nicht mal meine Wohnung verlassen habe. Ihr habt davon keine Ahnung. Aber ich weiß, worüber ich nachzudenken habe. Und dabei handelt es sich weiß Gott um nichts Weltbewegendes. Man muß sich das einmal vorstellen: Ich stehe in meiner Küche und habe Angst vorm Einkaufen.

Momentan arbeite ich an meinem Auftritt im Bäckerladen. Ich lege mir mein gedankliches Rollenbuch zurecht, so wie ich es immer mache. Wort für Wort gehe ich in Gedanken meinen Text durch, aber eben nur *meinen* Text, und das ist das Schwierige daran. Niemand garantiert mir, daß die Leute in der Bäckerei genau so mitspielen, wie ich mir das vorstelle.

Das beginnt bereits beim Betreten des Ladens. Es gibt dort zwei Verkäuferinnen, eine nette, junge, mit der ich sogar per du bin, und eine etwas ältere Frau, nicht unsympathisch, aber übertrieben freundlich, lieber zwei *Dankeschön* zuviel als eines zuwenig. Dennoch hoffe ich, sie hinter der Theke vorzufinden. Bei ihr bringe ich mein *Guten Morgen* fehlerlos heraus; fehlerlos heißt: ohne hängenzubleiben, ohne zu stottern.

Ich bin ein Stotterer. Manchmal schäme ich mich noch dafür. Und doch habe ich gelernt, damit zu leben, obgleich mein Leben reich ist an Komplikationen, von denen ihr keine Ahnung habt.

Ich hasse es, den Leuten im Bäckerladen einen guten Morgen zu wünschen. Schlimmer noch: Ich hasse es, wenn die Leute *mir* einen guten Morgen wünschen, weil sie dann zurecht auch ein *Guten Morgen* von mir erwarten, und dabei wäre mein Morgen doch um so vieles besser, wenn sie es einfach bleiben ließen. Einmal kurz nicken, einmal zurückgenickt, das wäre freundlich, nicht unhöflich und vor allen Dingen gut.

Bei meiner älteren Semmel- und Brezenverkäuferin ist das aufgrund ihrer übertriebenen Freundlichkeit einfacher als bei der jungen Verkäuferin. Die ältere erlaubt es mir unbewußt, mich ebenso übertrieben auszudrücken. Und so spreche ich ganz korrekt alle vier Silben aus, dabei von jedem Wort die erste besonders betonend: *Guu-ten Mooor-gen*. Die Silbe *Guu* setze ich etwas höher an und die Silbe *Mooor* dementsprechend tiefer. Hintereinander ausgesprochen, klingt das wie das Anstimmen eines fröhlichen Liedes. Wenn ich meine übertriebene Sprechweise etwas zügle, ist dies, nebenbei bemerkt, auch ein gutes Hilfsmittel Fremden gegenüber. Es erweckt den Anschein von gesundem Selbstbewußtsein, und der erste Eindruck ist bekanntlich einer der wichtigsten.

Bei der jungen Verkäuferin ist alles ein wenig schwieriger. Sie denkt mehr, das sehe ich an ihrem Lächeln. Sicherlich weiß sie längst Bescheid über mein Sprachproblem, denn auf Dauer kann man so etwas nicht verbergen. Wenn ich nur ihr Lächeln genauer deuten könnte. Will sie mir damit sagen, daß alles in Ordnung ist, daß sie mich trotz meines Sprachfehlers akzeptiert und sie mich mit einem Lächeln aufmuntern will? Oder ist es ein unterdrücktes Lachen, als wolle sie sagen: »Na, heut bringt er ja wieder mal gar kein Wort heraus!«? Es ist schwer zu beurteilen, weil ich darauf bedacht bin, meine Einkäufe so schnell wie möglich hinter mich zu bringen. Für die junge Verkäuferin habe ich mehrere Grußformeln parat. Sie wirken alle ein wenig sonderbar, deshalb wechsle ich sie immer durch. Einmal komme ich dämlich grinsend in den Laden und rufe ein langgezogenes *Hallooooo*, und ein andermal wende ich in abgeschwächter Form das oben beschriebene *Guten Morgen* an. Ab und zu benutze ich mein Kühlfach-Ablenkungsmanöver. Ich betrete den Laden, blicke kurz hinter die Theke, um mich sogleich davon abzuwenden, und gehe zielstrebig auf das Kühlfach zu. Währenddessen gelingt es mir meist, ein einigermaßen normal klingendes *Guten Morgen* herauszubringen. Manchmal, wenn außer mir keine Kundschaft im Laden und daher zu vermuten ist, daß mein Kühlfachgang von der Verkäuferin beobachtet worden ist, fühle ich mich allerdings genötigt, irgend etwas aus dem Kühlfach zu kaufen. Damit vermeide ich es, über die Frage »Suchst du etwas Bestimmtes?« zu stolpern.

Am einfachsten ist es, wenn bereits einige Kunden vor mir anstehen. Meist ist die junge Verkäuferin so beschäftigt, daß sie mein Eintreten gar nicht bemerkt. Ich warte mit dem *Guten Morgen*, bis ich drankomme, und benutze die Grußformel als Auftakt-Halbsatz für meine Bestellung: »Guten Morgen, ich hätte gern...« Dabei fällt es ihr nicht auf, wenn ich den Gruß ein wenig verschlucke, weil ihre Sinne nur noch auf Brezen, Semmeln, Brote und Zahlen fixiert sind.

Jetzt bin ich gedanklich bereits bei meiner Bestellung, und es spielt keine Rolle mehr, welche Verkäuferin hinter der Theke steht. Ich habe meine Auftakt-Halbsätze, und ich habe meine Drumherum-Floskeln. Zwar bin ich ein wenig erschöpft vom vielen Denken, aber das ist gut für mich. Es hindert mich daran, an all die anderen Wörter zu denken, bei denen ich stottern könnte, und sie fallen mir leichter. Glaube nun keiner, ich würde nur das Allernötigste reden. Wenn ich den Schritt über die Schwelle getan habe und bis dahin alles gut gegangen ist, will ich mich auch belohnen. Ich will belanglose Sätze sagen, die mir leicht von der Zunge gehen. Kurze Sätze zwar, aber ganze Sätze. Dazwischen baue ich meine Drumherum-Floskeln ein. An guten Tagen, wenn man mir meinen Morgen nicht überstrapaziert hat, funktioniert das ohne einen einzigen Hänger. Und das baut auf! Sätze zu sagen, ganze Sätze – ohne zu stottern. Zugegeben, diese Momente sind selten, aber dafür genieße ich sie um so mehr:

»...hm, dann hätte ich noch sehr gerne... irgendein Stück Kuchen... Hm... mal sehen, was Sie heute Schönes dahaben... Oh, die Herrentorte, die sieht toll aus... Ich glaube, da dürfen Sie mir noch ein Stück einpacken...«

Aber noch bin ich nicht soweit. Ich stehe immer noch in der Küche und habe Angst vor der Abschiedsgrußformel.

Bei der älteren Verkäuferin, mit der ich per Sie bin, kommt nur das *Auf Wiedersehen* in Frage. Die Betonung gestalte ich ähnlich dem *Guten Morgen*: Ein stark betontes *Auf*, hoch angesetzt, und ein tiefes *Wiedersehen*. Es könnte den gleichen Effekt haben wie beim *Guten Morgen*. Und doch gibt es hier einen kleinen Unterschied. Man sagt in der Umgangssprache nicht *Auf*, sondern einfach nur *Wiedersehen*. Wenn dieses ungewohnte *Auf* obendrein stark betont wird, klingt das Ganze ziemlich lächerlich. Aber ich brauche dieses *Auf*, es ist mein Auftakt. Ein *Wiedersehen* allein bringe ich nicht heraus, denn es beginnt mit einem *w*, einem Lippenlaut. Manchmal, wenn ich dieses *Auf* ausspreche, wird mir seine Lächerlichkeit bewußt, ich stocke, werde nervös und wende mich ab, um dem Lächeln der Verkäuferin zu entgehen. Es entsteht eine kurze Pause, und der Auftakt ist zerstört. Die Wirkung verpufft im Raum, und es ist, als hätte ich auf eine Hilfestellung verzichtet, als hätte ich dieses Wort nie gesagt.

Und doch habe ich es ausgesprochen, und die Verkäuferin hat es gehört. Dies ist der schrecklichste Moment von allen. Es gibt keine Drumherum-Floskel mehr, außer dem *Wiedersehen* würde alles noch lächerlicher wirken. Ich kann nicht gut sagen: »Auf... Äh, ach, jetzt hab ich was vergessen, ich hätte noch gern...« Am liebsten würde ich gar nichts sagen. Einfach nur rausgehen.

Unfreundlicher Kerl. Kann der nicht grüßen?

Ich muß es sagen. Ich muß! Mein Magen verkrampft sich, ich darf ihr nicht in die Augen sehen. Ihre großen, starrenden, unbeweglichen Augen! Jetzt ist es nicht mehr lächerlich, nur noch peinlich. Ich verkrampfe meine Finger, ich winde meinen Kopf, und für einen Moment fühle ich mich wie ein Spastiker, weil ich das Gefühl haben muß, so auf sie zu wirken. Die Bäckerei wird zum Gefängnis, und ich darf erst raus, wenn ich dieses eine Wort durchgestanden habe, so wie andere ihre Zeit absitzen müssen, weil sie irgendwann irgendwo ein paar Brötchen gestohlen haben.

Ich hab immer bezahlt. In jeder Hinsicht.

Ich muß mich ablenken, also blicke ich in meinen Einkaufsbeutel und prüfe, ob ich auch nichts liegenlassen habe. Nein, ich hab alles. Bis auf meinen Verstand, den drohe ich allmählich zu verlieren.

Ich kann nicht mehr. Ich möchte mich bei ihr entschuldigen. Ich möchte ihr sagen, wie leid mir alles tut. Am liebsten möchte ich ihr meine ganze Geschichte erzählen. Ich möchte ihr sagen, wie hart ich mir jeden Morgen meine Brötchen verdienen muß. Ich wünschte, sie würde mich nicht so ungläubig anstarren, sondern mich freundlich anlächeln, mir zunicken und sagen: »Lassen Sie sich ruhig Zeit. Es stört mich nicht, wenn Sie etwas länger dafür brauchen!« Aber daran denkt sie gar nicht. Sie ist nur darauf aus, ihre verdammten Brötchen zu verkaufen. Deshalb ist sie auch immer so übertrieben freundlich, die alte Stiefelleckerin. Wenn ich normal reden könnte, würde ich ihr schon etwas er---

Nein, würde ich nicht. Warum auch?

Bei der jungen Verkäuferin gestalten sich die Abschiedsgruß-formeln unterschiedlich. Wenn ich bezahlt habe, bedankt sie sich meist für den Einkauf und wünscht mir einen schönen Tag. Im Gegensatz zum *Guten Morgen* wird mein Tag dadurch wirklich schöner. Sie gibt mir Gelegenheit für einen Auftakt-Halbsatz: »Ja, danke, ebenso...« Locker dahingesagt, mit einer kleinen Melodie in der Betonung, gelingt es mir jedesmal, ein ebenso melodiöses *Tscha-u* hinzuzufügen. Problematisch ist es allerdings, wenn ich noch mit dem Einpacken beschäftigt bin, während sie bereits den nächsten Kunden bedient. Dann liegt es an mir, sie mit einem Abschiedsgruß darauf aufmerksam zu machen, daß ich den Laden verlasse. Mein Auftakt variiert in diesem Fall zwischen »Also dann« und »So, bis morgen...«

Ich sollte nicht soviel darüber nachdenken. Aber je mehr peinliche Situationen ich durchmache, desto tiefer graben sich die Erlebnisse in mein Gedächtnis und vergrößern meine Angst vor der nächsten Situation.

Auf... W-W-Wiedersehen!

Wie behindert das klingt! Dabei fühle ich mich geistig völlig normal. Und doch ist es eine Behinderung. Ich bin behindert. Im Sprechen. Warum nur diese Schwierigkeiten, sich damit abzufinden? Ist es die Wut auf all die anderen, denen es nicht so geht? Weshalb dieser starre, beinahe aggressive Blick auf das, was ich nicht kann und der mir unbewußt die Sicht auf meine individuellen Fähigkeiten trübt?

Warum beginnt die alltägliche Angst vor dem Pförtner in meiner Arbeitsstelle mit jedem Tag ein bißchen früher? Vor ein paar Monaten noch dachte ich erst kurz vor der Pforte an die Sprachbarriere *Guten Morgen*. Jetzt schleicht sich die Angst bereits ein, wenn ich aus der U-Bahn aussteige, und läßt meine Schritte langsamer werden. Und selbst wenn ich mit verstärktem Kopfnicken und dämlichem Grinsen den Pförtner zufriedengestellt habe, kann ich mir nie sicher sein, daß mir auf dem Weg in mein Büro nicht noch der eine oder die andere begegnen, die ebenfalls gegrüßt werden wollen. Ich arbeite in einem Institut mit über hundert Angestellten, von denen ich nur einen kleinen Teil persönlich kenne. Alle anderen sind mir nur vom Sehen her bekannt und ich ihnen ebenso. Ich merke, daß ich immer mehr erschrecke, wenn mir unvermutet einer im Gang begegnet. Man grüßt sich eben, das ist so Sitte bei uns, aus Höflichkeit, und ich will ja höflich sein. Und doch passiert es mir immer wieder, daß ich einen Gruß erst dann erwidern kann, wenn der Betreffende bereits ein Stück weiter oder gar schon in einem anderen Gang verschwunden ist. Immer wieder frage ich mich, was die Leute von mir denken.

Kann denn der nicht grüßen? So was Arrogantes!

Nein, verdammt, ich bin nicht arrogant! Ich hab nur ein kleines

Problem mit der Sprache, das sich allerdings tagtäglich vervielfacht, weil wir uns zuwenig kennen, als daß ihr merken würdet, was mit mir los ist, ich mir aber andererseits kein Schild um den Hals hängen kann mit der Aufschrift *Vorsicht, Stotterer!*

Ich reduziere meine täglichen Dienstgänge ohnehin auf ein Mindestmaß, damit mir so wenige wie möglich über den Weg laufen, die ihren dämlichen Gruß von mir einfordern. Wenn ich einen von euch auf die Toilette zumarschieren sehe, drehe ich wieder um und verhalte mich für zehn Minuten ruhig in meinem Büro, um es dann nochmals zu versuchen in der Hoffnung, ein leeres WC vorzufinden.

Ich mach das nicht nur für mich, um Peinlichkeiten zu entgehen, sondern auch für euch, damit euch mein unfreundlicher Anblick erspart bleibt. Deshalb sage ich auch jede Betriebsfeier ab, damit wir uns so wenig wie möglich begegnen; sogar dem Weihnachtsempfang der Direktion bin ich im letzten Jahr ferngeblieben, nur um euch und mich zu schonen.

Aber manchmal läßt es sich nicht vermeiden, daß wir uns über den Weg laufen. Wie jeder Mensch, so hab auch ich mittags Hunger und will in die Kantine gehen; da muß ich an euch vorbei. Wenn ihr euch nur mal Zeit nehmen und beobachten würdet, wie sehr ich mich bei diesem verdammten *Mahlzeit* quäle, das ihr so achtlos von euch spuckt, wer weiß, vielleicht würde mir mein Essen wirklich schmecken.

Ihr wißt nicht, wie sehr ich mein Leben bereits eurem Rhythmus angepaßt habe. Vor allem in der Kantine wird mir dies bewußt. Da sitze ich nah am Eingang, um mir und euch möglichst viel Weg durch eure Reihen zu ersparen, und warte nur darauf, bis einer kommt und fragt, ob bei mir noch frei ist, während ich auf meinen immer vollen Mund bedacht bin, um mir – unausgesprochen – eine ausgesprochen plausible Ausrede für meine krankhafte Artikulation zu verschaffen. Doch um das nachvollziehen zu können, müßtet ihr erst einmal von meinem Teller kosten, und ich sage euch, ihr würdet nicht viel schmecken, weil euer Gehirn ganz andere Dinge zu tun hätte, als sich auf das Empfinden eurer Geschmacksnerven zu konzentrieren.

Ich wünsche euch nur eine Minute jener Angst, die ich habe, wenn ich einen von euch am Ende des langen Ganges sehe und wir uns langsam einander nähern. Mein empfindsamer Magen regt sich, und ich kann nicht sagen, ob es ein Völlegefühl oder ein Gefühl der Leere ist, das sich in ihm breitmacht, während die Distanz immer kleiner wird; so klein, wie ich gerne sein möchte, um wortlos an euch vorbeieilen zu können.

Grüüüüüüß Gottttt! In Gedanken sage ich mir die Worte vor, immer wieder, immer wieder, als könnte ich sie vergessen. Darüber hinaus muß ich mir überlegen, ob ihr auch wirklich *Grüß Gott* sagen werdet und nicht etwa *Guten Morgen* oder *Mahlzeit*; zwischen halb elf und elf Uhr sind die Grenzen sehr fließend. In dieser Zeit werdet ihr mir zwar ohnehin so selten wie möglich in den Gängen begegnen, aber manchmal muß es eben sein. Und wenn ich dann mit Mühe und Not ein *M-M-Mahlzeit* herausbringe, und ihr antwortet mit einem lächelnden *Grüß Gott,* ist es mir doppelt peinlich.

Wir begegnen uns also. Ich habe in Gedanken fleißig geübt; endlich ist es soweit, und ich sehe euere großen Augen, die mich fordernd anstarren, während ihr eben jene Worte sagt: »Grüß Gott!«

»G-G-Gr... G-G-G-Gr... 'ß G'tt!«

Mein Gehirn will mir etwas erzählen, irgendwas von meiner Unfreundlichkeit. Und dann redet es belehrend auf mich ein: *Grüß Gott! Grüß Gott! Grüß Gott! Grüß...* Immer wieder, immer wieder, bis ich mich frage, wen ich eigentlich grüßen soll.

Mein Gott, ich krümme meinen Rücken ohnehin schon, bis er schmerzt, nicke mit dem Kopf, so tief ich nur kann, und spreche nur, wenn ich gefragt werde. Wenn ihr euch nur einmal die Gründe dafür bewußt machen könntet, glaubt mir, ich gäbe viel dafür. Ich hätte euch soviel zu sagen, und unser Morgen würde gut sein, unser Tag schön, und wir könnten uns immer wiedersehen. Wenn ihr nur verstehen wolltet, was ich euch sagen will! Oder muß man tatsächlich erst in der Haut des anderen gesteckt haben, um herauszufinden, wo sie am empfindlichsten ist? Manchmal wünsche ich mir, ich hätte ein dickeres Fell, damit mich die täglichen Stiche nicht so tief verletzen.

Es sind nicht nur die Damen im Bäckerladen; da ist auch die Verkäuferin in der kleinen Metzgerei, die mir, nebenbei bemerkt, immer wieder mal dreißig oder vierzig Gramm Wurst zuviel auf die Waage legt. Oder sie gibt mir eine Wurstsorte, die ich gar nicht haben wollte, weil sie mir entweder nicht schmeckt oder zu teuer ist. Sie weiß anscheinend längst, daß ich aus einem bestimmten Grund wehrlos bin, und nutzt ihre Überlegenheit gerne aus.

Und dann die Leute im Tabakladen; die Friseuse, die perfekt schneidet und doch nie haargenau so, wie ich es will; die Mitarbeiter im Institut; die vielen unsichtbaren und dadurch um so konkreteren Stimmen am Telefon. Man müßte sich einmal die Mühe machen und die Leute zählen, mit denen man täglich zu tun hat. Menschen, die gegrüßt werden wollen in der Hoffnung, daß dann ihr Morgen besser, ihr Tag schöner wird; die einen sogar wiedersehen wollen, damit man tags darauf die guten Wünsche bekräftigt. Für euch ist das normal; ich will mittlerweile nur noch meine Ruhe. Meine neueste Angewohnheit besteht darin, vor dem Verlassen meiner Wohnung durch den Spion zu sehen, ob das Treppenhaus leer ist. Dabei habe ich das Glück, im Erdgeschoß zu wohnen. Der Weg zur Haustüre beträgt nur ein paar Schritte, die ich in der Regel schaffe, ohne einem meiner Nachbarn zu begegnen. Dann fühle ich mich richtig befreit, und selbst wenn es regnet, ist es für mich ein guter Morgen. Ich darf nur nicht daran denken, daß sie alle sehr nett sind, soweit ich sie kenne. Genauso nett wie das ältere Ehepaar im Zeitungsladen gegenüber der Bäckerei. Und doch ziehe ich den stummen Zeitungsverkäufer vor; obgleich er nur aus Metall und Schrauben besteht, verstehe ich mich mit ihm noch am besten. Vielleicht, weil ich mich ihm auf besondere Art verbunden fühle. Beide sind wir mehr oder weniger stumm und haben doch so viel zu sagen, und weil uns keiner zuhören will oder kann, spucken wir bedrucktes Papier.

Ich bin immer noch in meiner Küche. Langsam ziehe ich mir die Schuhe an. Der Gedanke an frische Butterbrezen ist verlockend. Aber ich habe zugenommen. Eigentlich sollte ich abnehmen. Außerdem sind noch ein paar Scheiben Toast im Brotkasten.

Hunger hätte ich schon. Auf Butterbrezen.

Marmelade ist auch noch da. Toast mit Marmelade. Schmeckt sehr gut. Erdbeermarmelade. Und ein frisches Glas Himbeermarmelade, von Mutter eingemacht. Damit ließe sich der Morgen recht gut beginnen. Ohne Auftakt-Halbsätze. Ohne Drumherum-Floskeln. Ohne Angst und ohne Peinlichkeiten.

Wieder einmal wird mir klar, daß mein ganzes Leben eine einzige Peinlichkeit ist. Ich hab keinen Hunger mehr. Ich ziehe mir die Jacke an. Ein Blick durch den Spion. Es ist niemand zu sehen. Das erspart mir die erste Schande des Morgens und stärkt mich für meine Verrenkungen beim Pförtner. Mit etwas Glück telefoniert er gerade, während ich an ihm vorbeigehe. Ein telefonierender Pförtner ist immer gut, weil er sehr leicht zufriedenzustellen ist. Man nickt ihm zu

14

und zollt seiner Funktion den nötigen Respekt; und man erhöht seine Autorität, indem man nichts zu ihm sagt, um ihn bei seinem Telefonat nicht zu stören.

Ich gehe zur U-Bahn. Ohne Brezen, ohne Toast, ohne Marmelade, nur in der Hoffnung auf einen telefonierenden Pförtner. Sagt, was ihr wollt; sagt, ich mach es mir zu einfach; sagt, ich bin kein Kämpfer. Mir ist alles recht. Ich hab schon soviel gelitten, ich will mich nicht mehr unnötig lächerlich machen. Jede Peinlichkeit, die ich vermeiden kann, ist keine Peinlichkeit mehr. Und es werden noch genug auf mich zukommen, da bin ich mir sicher. Vielleicht stellt sich irgendwann Gewohnheit ein. Oder ich entwickle mich zu einem Automaten wie mein stummer Zeitungsverkäufer, nur eben auf verbaler Basis.

Bitte das Kleingeld passend einwerfen, und ich singe euch mein Lied!

Ich werde jedenfalls mein möglichstes tun, euch zu meiden, damit ich mich schone für jene Zeiten, in denen ich euch nicht verschonen kann.

Seid mir bitte nicht böse, wenn ich dies alles so offen von mir gebe. Auch ihr seid manchmal sehr offen, offener vielleicht, als es euch bewußt ist mit euren Blicken, euren Gesten, eurem Lächeln. Ich will euch keinen Vorwurf machen. Ihr könnt nicht wissen, was ihr mir damit antut.

Ich werde euch nicht weiter stören. Ich werde schweigsam sein, allein in meinen vier Wänden, und ihr werdet endgültig sicher sein vor meiner Freundschaft, auf daß sich keiner mit mir schämen muß. Mir sind noch ein paar Freunde geblieben, und es ist gut zu wissen, daß ich auf sie bauen kann. Aber ich werde ihre Hilfe nicht in Anspruch nehmen. Richtig aufbauen kann ich nur auf mich selbst. Ich weiß, wer ich bin, was ich bin, was ich kann. Ich bin Lukas Blessing. Ich habe einen Sprachfehler, den ich manchmal *Problem* nenne, obwohl er eine Tatsache ist, zu der ich mich schweren Herzens bekenne, um sie noch schwereren Herzens zu akzeptieren. Das ist weder leicht noch unmöglich. Aber ich werde es schaffen, indem ich viel über mich nachdenke. Darin bin ich geübt. Denken ist das, was mich am Leben hält. Alles andere ist Monotonie.

Es gibt eine Menge zu denken; ich muß nur meine Gedanken ordnen, dann wird mir vieles ein- und auffallen. Keine Angst, ich werde nicht zu euch sprechen. Wenn ich es könnte, würde ich euch mehr sagen, als ihr denkt.

15

1. Kapitel

Totgeschwiegen, all die Jahre über,
und wartete darauf, daß es aufhören
und sein Fuß endlich krumm werden würde

E s war in der Nacht zu seinem dreißigsten Geburtstag, als ihm Kant einfiel, der geschrieben hatte: »*Je mehr Du gedacht hast, desto länger hast Du gelebt*«, und er sich plötzlich sehr alt vorkam. Mehr als zwei Drittel seines Lebens hatte Lukas Blessing mit Schreiben verbracht und dabei schätzungsweise über zehntausend Bogen Papier gefüllt. Denken war bei ihm zu einem ununterbrochenen Vorgang geworden. Auch jetzt, als er eine halbe Stunde nach Mitternacht in seiner Küche saß, dachte er nach. Er stellte sich die Menge Papier vor, die er bereits verbraucht hatte, und fragte sich, ob man die Gedanken, die ihm bei jeder einzelnen Seite durch den Kopf gegangen waren, ebenso messen konnte.

Meist waren es dieselben Gedanken gewesen, nur in unterschiedlicher Form zu Papier gebracht; Gedichte und Kurzgeschichten hatte er geschrieben, Drehbücher, Lieder in deutsch und in englisch und einige Theaterstücke. Das Schreiben war für ihn zu einem imaginären Gegenüber geworden, zu einem Gedankenaustausch auf gleicher Ebene für all die Probleme, über die man mit keinem reden kann, weil man glaubt, man sei der einzige, der sie hat.

Lukas fragte sich, was aus ihm geworden wäre, wenn er niemals auch nur eine einzige Seite geschrieben hätte. Bevor er nach einer Antwort zu suchen begann, erkannte er, daß die Frage falsch gestellt war. Richtig mußte sie heißen, ob er ohne sein großes Problem, das ihn seit seiner Kindheit quälte, jemals mit dem Schreiben begonnen hätte.

Nachdenklich ging er in sein kleines Schreibzimmer, das er übrigens nie Arbeitszimmer genannt hätte, denn damit hatte es überhaupt nichts zu tun. Er kramte ein paar alte Manuskripte hervor, blätterte darin und mußte lächeln über eine Geschichte, die er vor beinahe fünfzehn Jahren geschrieben hatte. Wie wichtig ihm aus heutiger Sicht belanglose Dinge gewesen waren. Und wie verbissen er sie zu Ende gebracht hatte. Hatte er das wirklich geschrieben? Und wirklich alles mit Tinte?

Allzulange hielt er es nicht aus, und er legte seine melancholischen Monologe aus der Vergangenheit wieder beiseite. Zuviel Zeit lag zwischen damals und heute, zuviel Belangloseres war geschehen. Lukas hatte nichts ausgelassen.

Er goß sich einen Whiskey ein, machte es sich im Wohnzimmer auf der Couch bequem und trank auf seinen Geburtstag. Dreiundzwanzig Jahre lang fast jedes Gespräch mit sich selbst schriftlich festgehalten, warum nicht auch allein mit sich anstoßen? Er genoß jeden Schluck des feinen, milden Whiskeylikörs, und langsam fühlte er sich behaglich und gut.

Er dachte an die vergangenen drei Jahrzehnte und fragte sich, was letztendlich wirklich wichtig war, um daraus ein paar Gedanken für die Zukunft gewinnen zu können. Da fiel ihm ein Gedankenspiel ein.

Er nahm vier Blatt Papier zur Hand, die er mit *Gestern*, *Voriger Monat*, *Letztes Jahr* und *Leben* überschrieb. Dann begann er, jede Seite vollzuschreiben, und zwar jeweils das, was im betreffenden Zeitraum für ihn wichtig gewesen war. Er setzte sich zum Ziel, für jeden Abschnitt genau eine Seite auszufüllen, nicht mehr und nicht weniger.

Anschließend spielte er das Spiel gedanklich weiter und überlegte sich, was für einige Menschen, die er gut kannte, im jeweiligen Fall wichtig gewesen wäre. Das Ergebnis überraschte ihn nicht besonders, denn es war bei allen das gleiche: Vorausgesetzt, niemand hatte geheiratet, war weder Vater noch Mutter geworden oder hatte einen Sterbefall im Bekanntenkreis zu verzeichnen, so war vielleicht der eine oder andere Punkt aus der Aufstellung *Letztes Jahr* unter *Leben* zu finden; *Voriger Monat* oder gar *Gestern* jedoch waren in allen Fällen für die Rubrik *Leben, auf eine DIN-A4-Seite gezwängt* uninteressant.

Nur bei Lukas gab es etwas, das auf jeder der vier Listen zu finden war. Das Seltsame daran war: Er hatte noch nie darüber geschrieben. Er hatte es totgeschwiegen, all die Jahre über, obwohl es ihn jeden Tag von neuem beschäftigte, quälte, demütigte, herabsetzte, seine Psyche in einen Schraubstock zwängte und voll Freude daran herumdrehte. Wie oft hatte er sich gewünscht, es wäre ein krummer Fuß, eine schiefe Nase oder ein steifer Arm. Daran könnten sich beide gewöhnen – er, Lukas, den es betraf, und derjenige, der ihm gerade gegenüber war.

Mein Gott, er hinkt nun mal ein bißchen, was soll's? Sonst ist er ja ganz gut drauf! Aber *Kommst du Samstag auf mein Fest? – S-S-Samstag? Nein, t-t-tut mir leid, da k-k-kann ich nicht...*, das war etwas anderes.

Nein, sein Leben war kein Fest, und deshalb ging er auch selten auf eines, weil er meist keine Zeit dazu hatte. Er mußte schreiben, täglich, denn er stotterte, nicht nur täglich, sondern fast immer, solange er denken konnte; und Lukas hatte viel gedacht, vor allem nachgedacht über jene, von denen er immerzu ausgelacht worden war, woraufhin er sich nicht mal getraute, ihnen zu widerstammeln, weil sie dann noch mehr gelacht hätten. Statt dessen blickte er an sich herab und wartete darauf, daß es aufhören und sein Fuß endlich krumm werden würde. Aber es hörte nicht auf, und ihm blieb immer nur das Weglaufen.

Lukas fragte sich oft nach dem Grund seiner Sprachstörung. Er mochte das Wort *Behinderung* nicht, und doch war es genau der richtige Ausdruck dafür. Das Stottern behinderte ihn in so vielem, was er gerne tun wollte und für alle anderen regelrecht banal war.

Die *anderen*, die konnten sagen, was sie wollten. Die Nicht-Behinderten! Nichts hinderte sie daran, in eine Kneipe zu gehen und sich ein Pils zu bestellen. Bei Lukas war das anders. *Hallo* sagen ging ja noch. Aber das Pils, das er so gerne trank, dauerte bei ihm schon in der Bestellung etwas länger, denn es begann mit einem Lippenlaut.

Manchmal hatte er Glück, und sein Trick mit dem Auftakt-Halbsatz funktionierte schon beim ersten Mal. Er blickte kurz zu Boden, hob mit einem Ruck den Kopf und sagte: »Ähm, ich hätte gern ein *Pils*!« Das etwas langgezogene *Ähm* gab ihm das dringend benötigte Gefühl, bei seinem Gegenüber eine Art von Freundlichkeit, beinahe Kumpelhaftigkeit erweckt zu haben. Und das war sehr wichtig, da es ihm unmöglich war, beim Sprechen jemandem in die Augen zu sehen. Sicherlich war es mehr eine Vorsichtsmaßnahme denn eine Notwendigkeit. Doch war nichts schlimmer, als wenn sich die Augen des anderen ungläubig weiteten, was bei einem Hängen-bleiben zwangsläufig der Fall war. Dies konnte ihn, selbst bei einem noch so kurzen Satz, aus dem Konzept bringen und einen zweiten Hänger bewirken.

Manchmal gelang es ihm zwar, einen zweiten Hänger abzu-würgen, indem er den Satz umstellte, um eine Floskel ergänzte oder einfach etwas anderes bestellte. Aber es klang nicht besonders geistreich: »Ähm, ich hätte gerne ein... ähm, ach..., weißt du was, ich... ähm, ich glaub, ich nehme... ach, ein Helles...«

Am einfachsten war es, wenn ein Gast neben ihm am Tresen saß und bereits ein Pilsglas vor sich stehen hatte. Lukas zeigte mit dem Finger darauf und murmelte seinen Auftakt-Halbsatz. Jene Abende verliefen sehr friedlich; wenn er genüßlich ein Pils ausgetrunken hatte, hob er das leere Glas in Richtung Wirt, und der brachte ihm das nächste. Diese Methode hatte ihn freilich ein wenig zur Genügsamkeit erzogen; ein Wechseln der Getränkesorte war nicht so einfach. Warum mußten auch Whiskey, Wodka und Wein jeweils mit einem Lippenlaut beginnen? Lukas hatte sich zwar auch hierfür einige verbale Hilfsmittel überlegt, doch waren sie nicht immer zweckmäßig. Eine ungewöhnlich laute Geräuschkulisse, der Wirt verstand ihn nicht, fragte nach, Lukas war nicht darauf gefaßt, und schon blieb er hängen.

Eine weitere unliebsame Situation war das Bezahlen. Hätte Lukas auf das Trinkgeld verzichtet, wäre es kein Problem gewesen. Der Ober hätte die Zeche genannt, Lukas hätte ihm einen Geldschein gegeben und vom Ober das Wechselgeld erhalten. Doch Lukas gab gerne Trinkgeld, vor allem, wenn er bekommen hatte, was er wollte – auch wenn das nicht immer das Verdienst der Bedienung alleine war. Vorsorglich hatte er es sich angewöhnt, sich vor dem Betreten einer Kneipe die betreffenden Getränkepreise zu merken. Durch Gedanken- und Zahlenspiele aller Art war sein Gehirn bestens darauf trainiert. Nun gab es Zahlen, die für ihn besonders schwierig auszusprechen waren. Diese galt es zu vermeiden. Am einfachsten war es, wenn er genau so viel trank, daß die Summe inklusive Trinkgeld einen runden Betrag ausmachte. Ein *Stimmt so!* bekam er immer heraus. Manchmal jedoch waren die Preise so unglücklich gewählt, daß er entweder ein höheres Trinkgeld geben oder noch ein Pils trinken mußte, um ohne Stottern über die Runden zu kommen. Meist entschied er sich für letzteres.

Seit einiger Zeit ging er ohnehin kaum mehr aus. Es war ihm zu anstrengend geworden. Vor zehn Jahren, als er noch mit Michael, Richard und Günter unterwegs war, hatte das Ausgehen Spaß gemacht. Damals hinterließ das Bestellen selten einen faden Nachgeschmack. Sie waren alle noch in der Lehre, kaum zwanzig, doch um einmal in der Woche zum Italiener oder in ihre Stammkneipe zu gehen, reichte es immer.

Lukas aß sehr gerne Pizza, auch wenn sie mit einem Lippenlaut begann. Er hatte sich einen simplen Trick einfallen lassen, um den verhaßten Namen zu umgehen. Ihm war aufgefallen, daß die Bedienung, egal an welchem Tisch sie saßen, immer an einem bestimmten Platz mit dem Aufnehmen der Bestellung begann und reihum im Uhrzeigersinn weitermachte. Er brauchte sich nur in die Mitte zu setzen und abzuwarten, bis der Vordermann bestellt hatte. Dann sagte er: »Für mich das gleiche!« , und die Sache war erledigt. Ärgerlich war es, wenn Michael rechts von ihm saß, denn er hatte eine Vorliebe für Oliven und scharfe Peperoni. Glücklicherweise wurde Lukas nur selten darauf angesprochen, warum er sie bestelle, wenn er sie jedesmal auf dem Teller zurücklasse.

Manchmal wünschte er sich, er könnte sich einem seiner Freunde anvertrauen. Michael war damals sein innigster Freund, mit dem er über fast alles sprach. Michael hatte das Stottern von Anfang an akzeptiert, aber mit ihm darüber zu reden, das brachte Lukas nicht fertig. Er konnte nicht mal darüber schreiben. Seine Themen handelten von Freundschaft, von seiner inneren Einsamkeit, von Sehnsüchten, von der Liebe und vom Tod. Jedes seiner Werke war von einer gewissen Schwermut durchdrungen und mit jedem Satz ein Teil von ihm. Damit konnte, damit wollte er leben, das war er, Lukas, so sah er sich, so fühlte und so dachte er.

Aber das Stottern? Es war immer da, niemand konnte sagen, woher es kam. Es war unsichtbar und doch in seinen Gedanken allgegenwärtig, lauernd wie ein böses Tier, vor dem er fliehen wollte, obwohl es längst in seiner Brust wohnte. Eine Bestie, die sich in ihn eingeschlichen hatte, der er den Zutritt nicht hatte verwehren können; ein Teil seines Ichs geworden, der schwierigste und widersinnigste; zu schwerwiegend, um ihn anzunehmen und sich damit abzufinden. Er konnte nicht dazu stehen, erst recht nicht darüber schreiben. Lieber weglaufen, auf gesunden Beinen.

Mitsamt der Behinderung.

2. Kapitel

Felswappen, die Schuldgefühle damals, unbewußt die ganzen Jahre mitgetragen

Lukas erinnerte sich noch an vieles aus seiner Kindheit in Felswappen, einer kleinen Gemeinde etwa eine Autostunde nordöstlich von München. Manchmal, wenn er die Augen schloß, gelang es ihm, sich für einige Minuten in jene Zeit zurückzuversetzen. Gerüche kamen ihm in den Sinn von Kinderweihnacht mit Plätzchenbacken oder der Duft von Großmutters Birkenhaarwasser, und er sah den geriffelten Flakon mit der hellgelben Flüssigkeit vor sich; Bilder aus einem Märchenbuch, aufgeschlagen, liegengelassen auf einem Stuhl unter dem großen Kirschbaum; die Stimme seiner Schwester, das entfernte Knattern eines Motorrades auf der Landstraße hinter dem Haus seiner Eltern und das Bellen eines Hundes, Wackis Bellen. Oder er saß im ersten Stock seines Elternhauses bei der Großmutter auf dem Schoß und vernahm genau den Laut, den sie von sich gab, als er ihr einmal scherzhaft in die Brust boxte.

Sie starb, als er fünf Jahre alt war. Lukas wußte nicht, was Brustkrebs bedeutete. Doch als er hörte, daß sie daran gestorben war, bekam er Angst. Er hatte nie mit jemandem darüber gesprochen. Und so behielt er die Angst für sich. Er hatte die Großmutter sehr liebgehabt. Sie ging oft mit ihm spazieren, immer denselben Weg, und jedesmal an der Ecke Geraniengasse/Primelsträßchen griff sie in eine der Taschen ihres abgetragenen Mantels und zauberte ihm ein Fruchtbonbon hervor. Meist waren es Himbeerdrops, und Lukas erinnerte sich noch genau an die Form; oval waren sie, und jedes war extra in Zellophan eingewickelt.

Später ging der Großvater mit Lukas spazieren. Auf der anderen Seite des hinter dem Haus der Eltern angrenzenden Waldes befand sich eine winzige Kapelle. Sie war gerade groß genug für eine Person, um auf dem Holzbänkchen niederzuknien, welches vor einem schwarzen Schutzgitter befestigt war. Dahinter stand ein mit Blumen geschmücktes Tischchen, darauf eine Steinfigur der Gottesmutter mit dem Jesukind auf dem Arm. Am meisten war ihm das Bild an der gerundeten Wand hinter der Figur in Erinnerung geblieben. Es zeigte Jesus, der einen roten Umhang trug und mit der rechten Hand auf sein Herz wies, welches gelb-rot-orange leuchtend auf der linken Brust aufgemalt war. Lukas vermochte den Unterschied zwischen einem Gemälde und einer Photographie nicht zu erkennen, und so erschreckte ihn das Bild in gleichem Maße, wie er es bewunderte.

Seltsam, wie genau er sich nach all der Zeit an so belanglose Dinge erinnerte. Sie waren weder für die Zukunft wichtig, noch hätte er sie auf seiner *Leben*-Seite unterbringen können. Und dann gab es einmalige Erfahrungen, bei denen ihm jede Erinnerung fehlte. Wann er seine ersten Schritte alleine ging, beispielsweise. Oder einen Tag, nur einen einzigen aus jenen sechs Wochen, die er als knapp Einjähriger wegen Mittelohreiterung und doppelseitiger Lungenentzündung im Krankenhaus verbringen mußte. Die Mutter hatte ihm oft davon erzählt. Sie sagte, daß damals alle in großer Sorge um ihn waren, und der Doktor meinte sogar, man müsse mit dem Schlimmsten rechnen. Bestimmt hatte er starke Schmerzen gehabt und viel geweint. Warum konnte er sich nicht mehr daran erinnern?

Plötzlich fiel ihm auf, daß er sich bei all den Begebenheiten, die ihm von jener Zeit einfielen, mit den Augen des Dreißigjährigen sah. Er stand daneben und beobachtete den kleinen Jungen, der er einmal war. Sollte dies der Grund dafür sein, daß er so vieles vergessen hatte? Weil er sich in Gedanken nicht kleiner machen konnte, als er in Wirklichkeit war? Ob es überhaupt jemanden gab, der es fertigbrachte, sich gedanklich auf die Größe eines Kleinkindes zu reduzieren? Lukas wollte zumindest versuchen, sich ein Bild von seiner Kindheit zu machen aus dem, was ihm noch einfallen würde – sei es durch sein Erinnerungsvermögen oder aus Erzählungen von seiner Mutter.

Die Großmutter kam oft ins Krankenhaus, um ihn zu besuchen, und jedesmal, bevor sie ging, machte sie ihm das Kreuzeichen auf die Stirn, damit er bald gesund werden würde. Er war wieder gesund geworden, während sie vermutlich damals bereits von ihrer Krankheit wußte. Leise hörte er sie für ihn singen, und ein großes dunkelblaues Schiff im Sommer mischte sich in die Erinnerung, das er nirgendwo einordnen konnte. Dann rief sie seinen Namen, *Lukschi, mein kleiner Lukschi*, so hatte sie ihn immer genannt, und ihr Lachen war so herzlich, als er auf ihrem Schoß saß, bis es plötzlich in einem langgezogenen *Ooooh!* endete. Sie hatte mit ihm gespielt, hatte weitergespielt, hatte ihm den Schmerz vorgespielt, um ihm spielerisch beizubringen, daß es weh tut, wenn man einen anderen schlägt. Vielleicht hatte er es richtig aufgefaßt – bis zu jenem Tag kurz nach ihrem Tod, als die Eltern darüber sprachen, woran sie gestorben war. Was für Qualen mußte er ausgestanden haben! Und unbewußt hatte er seine Schuldgefühle die ganzen Jahre mitgetragen. Genauso wie das Stottern.

Ob es mit dem Tod der Großmutter zusammenhing? Oder hatte das Stottern bereits beim frühkindlichen Spracherwerb angefangen? Aber die Sprache war ihm doch vorgelebt worden. Die Eltern, die Großeltern und seine drei älteren Geschwister hatten zu ihm gesprochen, von Anfang an, ohne zu stottern. Irgendwann hatte er begonnen, die Laute nachzuplappern, Einwortsätze zuerst, *Mama, Papa, Oma, Opa*. Mama und Papa! Mit Sicherheit die ersten Wörter eines jeden Kindes. Und beide begannen mit einem Lippenlaut. Wie sie beim ersten Mal aus seinem Kindermund geklungen haben mochten?

»Mama und Papa!« Lukas sagte die Wörter laut vor sich hin, ohne dabei zu stottern. Er war allein, niemand hätte ihn gehört. Ob er deshalb nicht gestottert hatte? Oder weil er in Gedanken so sehr in seine Kindheit versunken war, daß er gar nicht an das Stottern gedacht hatte?

Unlängst war Michael zu Besuch gewesen. Sie hatten sich lange Zeit nicht gesehen und viel Gesprächsstoff. Doch vorwiegend unterhielten sie sich über ihre Lehrzeit, die sie zusammen im *Haus der Ibanezer*, einem Jugendwohnheim im Osten Münchens, verbracht hatten. Beide wußten so viel zu erzählen, daß es Lukas manchmal schier unmöglich war, bei all dem, was er sagen wollte, auf seine Anti-Hänger-Methoden oder die Auftakt-Halbsätze zu achten. Er vergaß sie einfach und vergaß überdies seinen Sprachfehler. Es gelang ihm sogar, Michael lachend in die Augen zu sehen und dabei die *alten Geschichten von den Patres und den Nonnen im Iban* aufzuwärmen. Gefährlich waren nur die hin und wieder entstehenden Schweigemomente, bevor sie das Thema wechselten. Wenn Michael dann eine Frage stellte, deren Antwort nur eindeutig sein konnte und daher keine Drumherum-Floskel duldete, mußte Lukas notgedrungen in seiner Auftakt-Fundgrube wühlen.

Als Lukas wieder allein war, fragte er sich, wie der Besuch ganz ohne Stottern verlaufen wäre. Er hatte den Tag über ungewöhnlich viel gesprochen und sich bei mancher Notlüge ertappt. Er hatte unpräzise Antworten gegeben, obwohl er die richtigen Antworten genau kannte. Als Michael ihn nach der Miete fragte, sagte Lukas nicht »sechshundertfünfundsechzig«, sondern »Ach ja, so knappe siebenhundert«. Es war nicht wirklich gelogen. Aber es war auch nicht die Wahrheit. Und selbst wenn es seine Mutter gefreut hätte: Ihn ärgerte es, daß er sie um zwei Jahre jünger gemacht hatte.

Er war nicht nur im Sprechen als solchem behindert, sondern zudem unfrei, das zu sagen, was er sagen wollte; unfrei, stets die Wahrheit wiederzugeben. Und er fühlte sich unwohl bei dem Gedanken, einmal etwas Falsches zu sagen, was Folgen für ihn oder andere haben könnte. War das nicht schlimmer als der Sprachfehler selbst? War der Sprachfehler überhaupt so schlimm, daß er ihn davon abhalten konnte, immer die Wahrheit zu sagen? Eigentlich nicht. Aber die anderen waren es. Sie konnten richtig grausam sein.

3. Kapitel

**Und sang seine traurigen Balladen vor sich hin,
mit einem kleinen Gefühl der Hoffnung**

Sie standen in Gruppen beisammen, Jungs aus seiner Klasse, unterhielten sich und lachten. Lachten über die Fernsehshow vom Vorabend, über die Chemielehrerin und ihre explosiven Versuche oder irgendeinen unanständigen Witz pubertierender Vierzehnjähriger.

Sie mochten ihn nicht. Er mochte sie ebensowenig. Lukas stand abseits, allein wie immer, und beobachtete sie. Es war davon auszugehen, daß sie auch über ihn lachten. Er war immer schon ein leichtes Opfer für die Scherze seiner Mitschüler gewesen, seitdem er zur Realschule gewechselt hatte. Die Tatsache, daß er sich nicht einmal verbal wehren konnte, machte es ihnen nur leichter. Dieser sensible, eingeschüchterte Junge schrie geradezu danach, zum Gespött der Klasse gemacht zu werden.

Lukas hatte eine Methode entwickelt, wie er sich zumindest in der Pause von seiner psychischen Anspannung erholen konnte. Obgleich es damals noch keinen Walkman oder dergleichen gab, vernahm er im Innersten Musik. Lukas kannte sämtliche Texte seines Lieblingssängers, dessen Lieder er in Gedanken hörte. In seinem Kopf erklangen sie nur für ihn.

Seit seinem elften Lebensjahr begeisterte er sich für den amerikanischen Songwriter Kris Kristofferson. Wenn er auch nicht alle Texte verstand, so berührten ihn die immer wiederkehrenden Themen seiner Lieder wie Einsamkeit, Freiheit und verbitterte Resignation und erschienen ihm wie ein Spiegelbild seiner geschundenen Seele. Besser hätte ihn kein Freund verstehen können.

Als es zum Pausenende läutete und sie alle in ihr Klassenzimmer gingen, machte er sich wieder auf das Schlimmste gefaßt. Seine Mitschüler hatten durch ihre ständigen Sticheleien einen nervösen Hampelmann aus ihm gemacht. Daran war nichts zu ändern. Er hatte sich damit abgefunden.

Seine Schulprobleme waren allerdings weitreichender und hatten auch mit dem Unterrichtsstoff zu tun. Lukas hielt sich weder für besonders dumm noch für äußerst intelligent. Wie er sich selbst einschätzte, lag er irgendwo dazwischen. Deshalb hätte er gern mehr aus sich gemacht, als seine Zeugnisse es vermuten ließen. Die anderen konnten es.

Franz, den er insgeheim bewunderte, war ein Mathematikgenie. Dennoch kam es vor, daß Franz eine bestimmte Aufgabenstellung nicht ganz verstanden hatte. Dann hob er den Arm und bat den Lehrer, die Sache nochmals zu erklären. Auch Peter, der sich in Erdkunde gut auskannte und bei dem man sich kein Land vorstellen konnte, von dem er nicht einen Fluß oder zumindest die Hauptstadt wußte, stellte hin und wieder Fragen an die Lehrerin.

Jene Antworten waren es, die Lukas immer versagt blieben. Ein paar Mal hatte er es gewagt und den Finger gehoben. Noch bevor er zu stammeln beginnen konnte, vernahm er unterdrückte Glucker, vorwiegend aus der letzten Reihe. Er mußte sich nicht umdrehen, um zu wissen, daß sich die meisten die Hand vor den Mund hielten. Auftakt-Halbsätze oder Drumherum-Floskeln hatte er damals noch keine entwickelt. Also blieb ihm, nachdem er den Finger gehoben hatte, nichts anderes übrig, als die Frage irgendwie über seine unwilligen Lippen zu bringen. Jetzt konnten sich die anderen nicht mehr halten. Die Hände verschwanden vor ihren sauberen Mündern, und die vorhin noch unterdrückten Glucker drückten auf sein Gemüt. Selbst die Lehrerin lächelte verstohlen, und Lukas wunderte sich, daß ihre Berufsbezeichnung mit *eh* und nicht mit *ee* geschrieben wurde. Hatte diese Frau neben ihrer stofflichen keine pädagogische Ausbildung erhalten? Oder mußte er ihr dankbar sein, daß sie sich herabließ, um ihm den nicht verstandenen Sachverhalt nochmals, wenn auch in knappen Formulierungen, zu erklären? Lukas war über die ungerechte Behandlung innerlich so aufgeregt, daß er ihre Antwort nur akustisch wahrnahm. Als er sich wieder beruhigt hatte und die Klasse längst im Unterricht fortgefahren war, wurde ihm bewußt, daß er nun erst recht nicht mehr mitkam. Aber er wagte es nicht mehr, den Finger zu heben. Er würde es zu Hause im Buch nachschlagen, wie er es vorher schon hin und wieder getan hatte in der Hoffnung, das Buch würde ihm die notwendige Auskunft geben. Dies war allerdings nur bedingt der Fall, und seine Wissenslücken wurden in manchen Fächern immer größer.

Das einzige Fach, das er liebte, war Englisch. Hier war Kris Kristofferson zu seinem *Hauslehrer* geworden und das Wörterbuch zu seiner allabendlichen Lektüre. Keiner seiner Mitschüler konnte ihm hierin etwas vormachen, und er genoß es, einmal der Beste zu sein. Seltsam war, daß er im Englischen kaum stotterte. Es war die ungewohnte Sprachmelodik, auf die er sich konzentrieren mußte. Sein Gehirn war darauf bedacht, sich in einer fremden Sprache mit fremden Grammatikregeln und einer fremden Aussprache richtig auszudrücken. Lukas wäre überlastet gewesen, sich auch noch darauf zu besinnen, daß er eigentlich ein Stotterer war. Er achtete nicht darauf und *vergaß* es.

Sein Schulproblem war damit keineswegs gelöst. Entweder sie betrachteten ihn als Streber, oder sie verachteten ihn wie zuvor. Lukas hatte sich damit abgefunden, daß sie eine andere Sprache sprachen. Wenn er abends im Bett lag und über sein Leben nachdachte, wurde er zunehmend depressiver.

Lukas hatte mit sieben Jahren begonnen, Märchen zu schreiben, dann jedoch für einige Zeit aufgehört. Jetzt hatte er wieder mit dem Schreiben angefangen, und er betrieb es so konsequent, daß es bald mehr als ein Hobby war.

Er begann, Kurzgeschichten zu schreiben, und als er ein gutes Dutzend beisammen hatte, nannte er sie *Einsamkeit und andere Short Stories nach Themen von Kris Kristofferson*. Er hatte sich die besten Songs seines amerikanischen Vorbildes ins Deutsche übersetzt, um aus dessen feinfühligen und tiefsinnigen Gedanken Geschichten mit selbst erlebtem Hintergrund zu erarbeiten.

Lukas stand auf und ging in sein Schreibzimmer, um nach den Erzählungen zu suchen. Er wurde bald fündig. Obgleich er in Dingen, die den Hausputz betrafen, sehr nachlässig sein konnte, liebte er die Ordnung in seinen gesammelten Werken um so mehr.

Mit dem Manuskript in der Hand kehrte er ins Wohnzimmer zurück und goß sich von dem feinen Whiskeylikör nach. Er trank einen Schluck und begann, in dem Manuskript zu blättern. Nachdenklich las er die Überschriften seiner Kurzgeschichten, Einworttitel wie *Freiheit!*, *Sonnenuntergang*, *Warum?*, *Allein* oder *Traum*. Einer inneren Eingebung folgend, schlug er die Erzählung *Abschied* auf:

»*Während ich hier allein auf einer Parkbank sitze, wird mir auf einmal klar, daß ich für alles Traurige, das mir je widerfahren ist, noch nie von jemandem angehört worden bin. Und wenn doch, dann bin ich nicht richtig verstanden worden. Mir tut es ehrlich gesagt gar nicht leid um die Zeit der*

Enttäuschungen, die ich schon gelebt habe. Ich meine, es macht mir nichts aus, daß diese Zeit schon hinter mir liegt, weil sie mir nichts bedeutet hat.

Mir fällt an mir selbst auf, daß ich die Menschen, die von sich aus behaupten, sie würden dieses Leben über alles lieben, nicht ganz begreife. Irgendwie verstehe ich sie aber auch wieder, denn ich denke mir, daß sie vielleicht noch nie etwas richtig Trauriges erlebt oder noch nie in Einsamkeit gelebt haben. Daß sie eben oft Glück im Leben haben.

Vor einiger Zeit wollte ich den Sinn dieses Lebens entdecken. Ich habe jetzt jedoch aufgegeben, nach etwas zu suchen, das ich nicht finden kann. Und ich habe darüber nachgedacht, ob es nicht besser wäre, Abschied von dieser Welt, die doch so schön sein könnte, zu nehmen...

Wenn ich nun an Glück und Liebe denke – ich hatte von beidem nicht viel. Im Grunde gebe ich keinem die Schuld dafür, daß alles so gekommen ist. Wahrscheinlich war ich selbst an allem schuld. Ich weiß es nicht...«

Als er den Text zum zweiten Mal las, gingen ihm sonderbare Fragen durch den Kopf. Fragen, an die er noch nie zuvor gedacht hatte. Ob seine Eltern unbewußt ahnten, was in ihm vorging? Jedenfalls zeigten sie niemals Interesse an seinen schriftstellerischen Tätigkeiten. Hatten sie instinktiv Angst vor einer bitteren Erkenntnis? Angst vor einer schmerzhaften Wahrheit?

Andererseits: Wäre es ihm wirklich recht gewesen, wenn sie ihn nach seinen Arbeiten gefragt hätten, wenn sie sie hätten lesen wollen? Hätte er nicht genauso Angst vor ihrer Reaktion gehabt?

Zu jener Zeit hatte sein ältester Bruder von einem Freund eine alte Gitarre samt Autodidaktik-Buch geschenkt bekommen. Lukas lieh sie sich jeden Abend aus, und nach kurzer Zeit konnte er eine Handvoll Gitarrengriffe spielen. Er übte zu den Songs von Kris Kristofferson, von denen manche aus nur wenigen Griffen bestanden, und freute sich über jeden Fortschritt. Bald wagte er sich daran, zur Platte mitzusingen. Er schloß sich in sein Zimmer ein und drehte die Musikanlage laut genug, so daß von draußen nur die Töne aus den Lautsprechern zu hören waren. Die Sache bereitete ihm immer mehr Freude. Er verbesserte nicht nur seine englische Aussprache, sondern bekam ein nie gekanntes Gefühl für seine Stimme. Beim Singen war es, als hätte er nie einen Sprachfehler gehabt. Er liebte es zu singen, ganz gleich, was andere über seine Stimme denken mochten; es hörte ihn keiner.

Irgendwann wünschte er sich sogar, es würde ihm jemand zuhören. Seine Stimme war besser geworden, und er schloß die Zimmertür nicht mehr ab. Schließlich begann er, eigene Songs auf englisch schreiben. Damit hatte er endlich ein Ventil gefunden, sich zu äußern, ohne daß er sich dabei – vor wem auch immer – schämen mußte. Und er sang seine traurigen Balladen vor sich hin, voller Überzeugung, und doch mit einem Gefühl der Hoffnung, daß sich irgendwann alles ändern würde.

In der Parallelklasse gab es ein Mädchen namens Brigitte, das Lukas sehr gefiel. Brigittes ältere Schwester ging in die Abschlußklasse und war eine Freundin von einem seiner Brüder, daher wußte er ihren Namen. Durch sie wußte er auch, daß Brigitte noch keinen Freund hatte. Abends vorm Einschlafen dachte er daran, wie es sein mochte, sie im Arm zu halten, zärtlich zu ihr zu sein und sie zu küssen. In diesen Träumen kam ihm das *Ich liebe dich* so einfach und fehlerfrei über seine Lippen, als wären sie nur für diesen einen Satz bestimmt.

Die Realität tags darauf sah anders aus. Er hatte sich schon ein paar Mal überlegt, wie er sie ansprechen könnte. Zu gern hätte er sie ins Café Miltner zu einem Eis eingeladen. Er wagte es nicht. Dies hatte mehrere Gründe. Zum einen die Furcht davor, hängenzubleiben. Er wußte, daß dies passieren würde. Vielleicht hätte es ihr nichts ausgemacht. Doch angenommen, sie würde seine Einladung ablehnen. Würde er jemals erfahren, ob sie kein Interesse an ihm hatte oder ob sie ihn aufgrund seines Sprachfehlers für nicht ganz richtig im Kopf hielt? Vielleicht würde sie es ihren Freundinnen erzählen.

He, Leute, hört mal her. Dieser B-B-Blessing *hat mich angemacht! Der spinnt doch wohl, oder? Ausgerechnet der!*

Das wollte er auf keinen Fall riskieren. Seine Mitschüler wären garantiert dahintergekommen, daß er es gewagt hatte, ein Mädchen anzumachen. Er, der in ihren Augen geistig Minderbemittelte! Und eines von den hübschesten Mädchen der Schule!

Dieses Leben machte ihm keinen Spaß. Er fragte sich oft, wie ein Leben ohne Stottern sein mochte.

Hey, Peter, leih mir mal dein Lineal!

Für die anderen war das einfach. Bei Lukas waren solche Botschaften in halblauten Monologen versteckt: *Ach, jetzt hab ich doch mein Lineal vergessen!* Manchmal hatte er Glück, und sein Banknachbar verstand den Wink.

Lukas hatte keine Sprache, mit der er sich den anderen jederzeit klar und deutlich verständlich machen konnte. Er fühlte sich nicht wirklich als Mensch. Aber wer war er? Was war er?

Eingeschlossen; von allem ausgeschlossen. Seine Depressionen wurden stärker. Er hatte begonnen, Tagebuch zu schreiben, abends, bevor er zu Bett ging. Er war fünfzehn Jahre alt, als er am Ende eines besonders bitteren Tages schrieb:

»Mir ist aufgefallen, daß ich das Leben immer mehr verabscheue, daß ich es bald hassen werde. Ich schreibe Songs, in denen sich das bereits wider-spiegelt, wie z.B. in Surreal Thing: *'I don't want to live my life, don't ask me why, I remember that sometimes I want to die...'*

Ich frage mich oft, warum man (einfach) leben muß. Warum bin ich auf der Welt? Warum bin ich nicht bei der Geburt oder sonst irgendwann gestorben? Ich wünsche mir oft den Tod, denn ich verstehe die Welt nicht und werde von niemandem verstanden. Ich bin sozusagen Der Außen-seiter. *Überall. Ja, ich bin* Der Unverstandene. *Ich will daher nur noch eines: Ich will sterben!«*

4. Kapitel

Alles nur eine Frage des Denkens,
des Sich-hinein-Versetzens, ohne dabei
auch nur einen depressiven Gedanken zu hegen

Das Schlimmste in Lukas' Leben neben dem Sprachfehler war seine Einsamkeit, die er als Folge des Stotterns betrachtete. Seit er sechzehn war, lebte er in der Großstadt. Zuerst im *Haus der Ibanezer*, kurz *Iban* genannt, in dem er sechs Jahre gewohnt hatte, bevor er in seine jetzige Wohnung gezogen war.

Im *Iban* hatte er schnell den Unterschied zwischen Alleinsein und Einsamkeit erkannt. Allein war er dort nie, er hatte immer Freunde aus seiner Wohngruppe um sich. Abends trafen sie sich auf ein oder mehrere Biere im Aufenthaltsraum, und Lukas spielte Gitarre. Hier fühlte er sich glücklich, hier war er zu Hause. Er fragte sich oft, wie er die Lehrzeit bei der Post ohne seine Freunde aus dem *Iban* überstanden hätte. Denn tagsüber erlebte er genau das Gegenteil von dem, was ihn am Abend erwartete. Es war die Zeit, in denen die *Tage dunkler waren als die Nächte,* wie er es bezeichnete. Er wurde drangsaliert, die Lehrlingskollegen verspotteten ihn, lachten ihn aus und trieben üble Scherze mit ihm.

Bald darauf wurde er zum selbsterklärten *Antipostler*. Er begann, die Post zu hassen, er haßte alles, was mit ihr zusammenhing und vor allem die Farbe Gelb. Er weigerte sich sogar, seine Lieblingsjoghurts Zitrone und Banane zu essen, und wenn er mit seinen Freunden vom *Iban* im Gruppenraum Kaffee trank und der gelbe Aschenbecher vor ihm stand, holte er sich einen anderen.

Abends, wenn sie zusammen ihre Weißbierrunden abhielten, spielte er eigens für seine Freunde in deutsch verfaßte Lieder, die meisten witzig und ironisch, manche gar zynisch, und die Freunde lachten und applaudierten. Dennoch fragte er sich, ob sie das Leid heraushörten, das sich in seinen *Antipostlersongs* verbarg.

Er wurde jetzt anerkannt, er hatte Freunde, und niemanden kümmerte sein Sprachfehler. Wenn er sie aber von ihren Freundinnen erzählen hörte, wurde er sich wieder seiner inneren Einsamkeit bewußt. Die anderen, so schien ihm, hatten wenig Probleme damit, Mädchen kennenzulernen, sei es beim Tanzkurs oder in der Disco. In

Discotheken ging Lukas ohnehin nicht. Er gab vor, ihm würde die Musik nicht gefallen. Sicherlich war das mehr ein Vorwand denn ein Grund, schließlich ging es ums Anmachen, ums *Aufreißen*, wie man so sagte.

Welch bittere Ironie sich hinter diesem Ausdruck verbarg. Ob damit der Riß in der Seele gemeint war, den er bereits im Alter von zwölf Jahren im Schwimmbad verspürt hatte? Sie hieß Andrea und war die Nachbarin seines besten Freundes Werner. Bei dessen Geburtstagsparty hatte er sie zum ersten Mal gesehen. Ihm hatte er sich anvertraut, daß sie ihm gefiel und er sie gerne näher kennenlernen würde. Werner wiederum hatte ihr von Lukas erzählt, um ihm einen Gefallen zu tun und seinen ersten Schritt ein wenig leichter zu machen.

Lukas sah sie zufällig im Schwimmbecken, wie sie mit einer Freundin ihre Bahnen schwamm. Er ging ebenfalls ins Wasser, hielt sich am Beckenrand fest und beobachtete die beiden. Als sie ihn entdeckten, schwammen sie an den gegenüberliegenden Beckenrand und unterhielten sich. Lukas wußte nicht, was er tun sollte. Die Entscheidung wurde ihm bald abgenommen. Andreas Freundin kam auf ihn zugeschwommen, und Lukas fühlte, wie aufgeregt er wurde. Würde sie ihm einen Gruß von Andrea ausrichten? Oder ihn gar auffordern, mit zu ihr hinüberzuschwimmen?

Endlich war die Freundin nahe genug. Mit blitzenden Augen sah sie ihn an, lachte spöttisch und sagte: »Ich soll dir was von Andrea bestellen.«

»Ja?« sagte Lukas. »W-W-, äh, was denn?«

»Daß du ein ganz blöder Affe bist!« antwortete die Freundin, wandte sich ab und schwamm wieder zurück.

Jeder andere hätte sich achselzuckend nach dem nächsten Mädchen umgesehen. Obwohl nahezu zwanzig Jahre her, war es für Lukas ein prägendes Erlebnis gewesen. Weshalb sonst mußte er jetzt daran denken? Gerade jetzt, in der Nacht seines dreißigsten Geburtstages, in der er allein in seiner Wohnung saß, sich hin und wieder sein Glas nachfüllte und dem Niederbrennen der Kerze zusah.

Er hatte noch nie eine Freundin gehabt, noch nie eine Beziehung erlebt, noch niemals auch nur für einen Tag die tröstende Aussicht, abends wirklich nach Hause zu kommen, weil jemand auf ihn wartete. Wie das sein mochte? Mit einem Kuß begrüßt zu werden, mit einem Lachen, vielleicht sogar, zumindest am Anfang, mit einer Umarmung und den zärtlichen Worten: »Oh, ich hab dich so vermißt!«

Lukas verspürte manchmal soviel Zärtlichkeit in sich, daß er gar nicht wußte, wohin damit. Er fühlte sich wie eine sich jeden Tag aufs neue aufladende Batterie, die man vergessen hatte, vom Netz zu nehmen; die irgendwann explodieren würde. Nutzlos verbrauchte Energie, und der Zähler tickte unentwegt die Tage, Wochen, Monate vor sich hin, sinnlos und monoton. Und das mittlerweile dreißig Jahre lang.

Manchmal dachte er an seine Freunde, an die Häuser, die sie sich gebaut hatten und in denen sie jetzt mit ihren Familien lebten. Familie! Welch seltsames Wort. Es begann mit einem Lippenlaut, war schwierig genug auszusprechen, aber noch viel schwieriger zu gründen. Nicht nur für einen Stotterer.

Er mußte an Richard denken. Sie kannten sich aus dem *Iban* und hatten im dritten Lehrjahr mit ein paar Freunden in einer kleinen Kneipe in der Nähe des Wohnheims einen Stammtisch gegründet. In jener Zeit hatte Richard seine Freundin Martina kennengelernt, die bei den wöchentlichen Treffen stets dabei war. Später zogen die beiden in eine gemeinsame Wohnung, Michael, Günter und die anderen Freunde kehrten in ihre Heimatorte zurück, und alle gingen sie ihre eigenen Wege.

Für Richard kam nach fast zehn Jahren die Trennung; Martina zog aus, und er stand plötzlich allein da und sah sich verzweifelt nach den alten Freunden um, er, Richard, der nie allein sein konnte, der immer jemanden um sich haben mußte. Da fiel ihm Lukas ein. Das war vor einem Jahr gewesen, und seitdem sahen sie sich mehrmals die Woche.

Lukas bewies sehr viel Einfühlungsvermögen in Richards Situation in den Monaten nach der Trennung. Er war ein guter Zuhörer. Gemeinsam arbeiteten sie eine Beziehung durch, die Lukas als Außenstehender mit der nötigen Objektivität recht gut einschätzen konnte. Es gelang ihm, Richard auf manchen Fehler aufmerksam zu machen, der ihm in der Vergangenheit unterlaufen war. Dabei kamen ihm seine schriftstellerischen Fähigkeiten zugute, Dinge logisch einzuordnen und sich in andere Personen hineinzuversetzen. Für Lukas war die wiedergewonnene Freundschaft mehr als nur ein Zeitvertreib oder eine vorübergehende Ablenkung vom Alleinsein. Sie gab ihm ein Stück Selbstbewußtsein, das er – nein, nicht verloren – niemals besessen hatte.

Er hatte es bereits im *Iban* mehrmals erlebt, daß er anderen in Problemfällen durch seine ruhige, überlegende Art zuzuhören helfen konnte. Damals war ihm diese Gabe nicht bewußt geworden. War es ihm auferlegt, mit Hilfe seines Sprachfehlers sein Talent zum Schreiben zu entdecken, um damit Fähigkeiten zu verfeinern, die ohne das Stottern nur totes Kapital waren? Aber wie sollte er diese Zusammenhänge denjenigen erklären, die sie nicht erkennen, nicht verstehen wollten? Er konnte unmöglich zur Antwort geben: »Ich mußte zuerst stottern lernen, damit ich euch etwas sagen konnte.«

Und wenn es so war, warum hörte das Stottern nicht auf? Um ihn jeden Tag aufs neue daran zu erinnern, wie wichtig und kostbar sein Denken war? War sein Sprachfehler ein wertvoller Schatz, den er nur nicht als solchen erkannte? Er konnte sprechen, es dauerte nur etwas länger. War das Stottern vielleicht gar keine Sprachbehinderung, sondern nur eine Sprachverzögerung, um sein Denken ungehindert zu mobilisieren? Redeten nicht die meisten Menschen einfach drauf los, ohne nachzudenken?

Lukas lächelte bei dem Gedanken, alle Menschen würden ebenso an einer Sprachbehinderung, oder besser: Sprachverzögerung leiden, die sie zum ungestörten Denken nutzen konnten. Die Peinlichkeit wäre ausgeschaltet, denn allen ginge es gleich. Niemand würde den anderen auslachen. Alle wären sie Stotterer, und jeder Stotterer wäre ein normal sprechender Mensch. Doch solange sie nicht selbst stotterten, würde ihm sein Sprachfehler peinlich sein, auch wenn es hin und wieder Menschen gab, die ihm erklärten, es mache ihnen nichts aus.

Was hatte es eigentlich mit dieser Peinlichkeit auf sich? War sie nicht von Grund auf anerzogen, ein Fehler in der Erziehung?

»Sieh dir nur den Sonnenaufgang an! Ist das nicht herrlich?« hörte er einen Vater sagen, während tags darauf die Mutter rief: »Ach, es regnet, wie schade!«

Jeden Abend wurde diese Aussage in der Wettervorhersage mit der Behauptung *schönes* und damit *gutes Wetter: Sonne, schlechtes Wetter: Regen* bekräftigt. Ein Landwirt, dem die Felder austrockneten, konnte der Mehrheit nicht das Wasser reichen. Die meisten Werte und Normen wurden in der Erziehung festgelegt. Und sie zogen

Folgen nach sich, die sich nicht immer planen ließen.

Mama, der Mann da, der spricht so komisch! Das ist lustig, nicht?

Gedanken über Gedanken, die kaum jemanden zu interessieren schienen. Oder sollte es sich wiederum nur um eine Verzögerung handeln? Das Denken an sich war keine Gabe, es bedurfte nur regelmäßiger Übung. Entscheidend war, die anderen auf den Gedanken des Denkens zu bringen. Und darin hatte Lukas einige Erfahrungen gesammelt.

Richard lebte aufgrund seiner Trennung mittlerweile seit einem Jahr allein, und er fühlte sich den Frauen entfernter als je zuvor, weil er im Alltagstrott mit Martina verlernt hatte, sich ihnen zu nähern. Jetzt geriet er allmählich in Panik. Er wollte, er konnte nicht allein sein, er wollte sich dagegen wehren und setzte sich selbst unter Druck. Lukas erinnerte sich an einen ihrer ersten Abende nach der Trennung, als Richard verbittert sagte: »Es kann doch nicht so schwer sein, eine Frau zu finden. Jetzt bin ich schon fast drei Monate von Martina getrennt und immer noch allein!«

Lukas bemerkte lächelnd: »Du drei Monate, und ich fast dreißig Jahre!«

Aufgrund ihres regelmäßigen Beisammenseins vollzog sich eine Wandlung in Richards Denken. Fast zehn Jahre hatte er sich mit Martina auf der Oberfläche einer immer trister werdenden Beziehung bewegt. Als es dann vorbei war, war Lukas gekommen und hatte zum ersten Mal mit leichtem Druck an dieser Oberfläche gekratzt.

Richard war alles andere als ein depressiv veranlagter Mensch. Und doch machte er sich Sorgen um seine Zukunft, die gestern noch mit der Aussicht auf ein durchschnittliches Familienleben abgesichert schien. Sogar die Hochzeit war bereits geplant und auf den Tag genau festgelegt gewesen. Zwei Monate vorher war Martina ausgebrochen.

Richard gelang es einigermaßen, den Schmerz über den Verlust zu verdrängen. Er ging mit Übereifer daran, nach der nächsten Beziehung zu suchen. In seiner Not hatte er eine Handvoll alter Freunde ausgegraben. Es folgten Einladungen auf Parties, und Richard lernte junge Frauen kennen. Doch was immer sich in seinem Denken verändert haben mochte, Richards Art, auf die Frauen zuzugehen, konnte dem nicht standhalten.

Lukas hatte noch nie eine Freundin gehabt, aber seitdem er zwei

Jahre zuvor den Arbeitsplatz gewechselt hatte und nun mit vielen Frauen zusammenarbeitete, kannte er sich auf diesem Gebiet beinahe besser aus als Richard. Er wußte, was Frauen fühlten; er ahnte es nicht nur. Er konnte es ihren belanglos erscheinenden Gesprächen entnehmen, wenn sie in seinem Büro standen und sich über das vergangene Wochenende unterhielten, während er am Computer saß, die Augen auf seine Unterlagen gerichtet, dabei mit einem Ohr an ihren Gesprächen beteiligt. Er wußte, wie Frauen sich benahmen, wenn sie verliebt waren, er fühlte, wann sie *ja* meinten, obgleich sie *nein* sagten. Er hatte sogar herausbekommen, wann Frauen belogen werden und wann sie die Wahrheit hören wollten.

Da war Sabine. Richard hatte sie durch eine Kontaktanzeige kennengelernt und gleich am ersten Abend sein *Prioritäten* preisgegeben: heiraten, Kinder haben, ab und zu gepflegt essen gehen, kurzum: ein glückliches und solides Familienleben. Er bemühte sich, so ehrlich wie möglich zu sein. Und er war in allem ehrlich und darüber hinaus so nüchtern wie ein *Professor bei einem Vortrag über Gentechnologie*, wie Lukas in einem ihrer darauffolgenden Gespräche vermutete.

Wieder hatte er eine Abfuhr erhalten. Und doch konnte er Sabine nicht so leicht vergessen wie die anderen vor ihr. Als seine zwanghafte Anspannung nach einigen Wochen etwas nachgelassen hatte und er auch innerlich ruhiger geworden war, rief er sie eines Nachmittags an. Sie redeten über belanglose Dinge, und Richard wertete es als ein sehr wohltuendes Gespräch.

Er wußte nicht, daß Sabine ihn schon am ersten Abend als anziehend empfunden hatte; daß sie gehofft hatte, er würde sich noch einmal bei ihr melden. Es war sein penetrantes Auftreten gewesen, verbunden mit der Anspielung auf ein nächtliches Abenteuer, das sie damals auf Distanz gehalten hatte. Als sie jetzt am Telefon mit ihm sprach und glaubte, einen veränderten Richard zu hören, schloß sie ein zweites Treffen nicht unbedingt aus.

Richard fühlte sich ermutigt, und er rief sie in den nächsten Wochen noch einige Male an. Schließlich war er nahe daran, sie besuchen zu dürfen. Doch seine neugewonnene Sicherheit ließ ihn ein unbedachtes Wort sagen, und Sabine vertröstete ihn auf unbestimmte Zeit.

»W-W-Was hast du denn zu ihr gesagt?« fragte Lukas am selben Abend, als Richard ihn anrief.

»Nichts Besonderes«, antwortete Richard. »Sie hat mir erzählt, sie liegt auf ihrem Balkon und sonnt sich. Da hab ich mir gedacht, ich fall nicht gleich wieder mit der Tür ins Haus, sondern frag sie einfach, was sie heute noch vorhat. Da sagt sie, sie hätte nichts vor, und da hab ich sie gefragt, ob sie nicht Lust hätte, daß wir uns heute noch sehen.«

»'n dann?«

»*Ja*, hat sie gesagt, *warum nicht?* Ich bin wirklich ganz sachte vorgegangen und hab mir jedes Wort genau überlegt. Ich hab mir gedacht: nur nichts überstürzen! Und dann hab ich gesagt, mir ist es egal, wo wir uns treffen. Ich könnte zu ihr kommen, ich könnte sie aber auch irgendwo abholen oder so. *Ja*, hat sie gesagt, vielleicht bei ihr, wir könnten auf ihrem Balkon Kaffee trinken. Das wäre eine gute Idee, sag ich, ich hätte noch 'ne Flasche Prosecco im Kühlschrank, die würde ich mitbringen. Dann hat sie gesagt, sie würde mich in einer halben Stunde zurückrufen. Es könnte sein, daß sie noch Besuch bekommt. Sie müßte das erst abklären.«

»Und? Ähm, ich meine, hat sie a-, hat sie dich noch angerufen?«

»Ja, das hat sie. Ihre Nachbarin ist gekommen, und für heute abend hätte sie jetzt doch was anderes vor. Aber ich hab eher das Gefühl, sie spielt nur mit mir. Da kenn sich einer aus mit den Frauen!«

Lukas hätte beinahe gelacht. Es wäre so einfach gewesen. Ein Wort mit einem Lippenlaut. Begann wie ein *Pils*. Wäre Richard ein Stotterer gewesen, hätte er zumindest einen Auftakt-Halbsatz gebraucht. Er wäre hängengeblieben, hätte nachgedacht, wäre auf den Kaffee zurückgekommen und hätte die besten Chancen gehabt, auch bei ihr hängenzubleiben.

»P-P-P... W-Wie heißt das Getränk, d-d-das du mitnehmen wolltest?« fragte Lukas.

»Prosecco! Wieso?«

»Und warum sagst du ihr sowas? W-W-Warum bringst du's nicht einfach mit?«

»Versteh ich jetzt nicht, was du meinst!«

»Dann denk mal drüber nach! P-P-Prosecco. Ist das nicht ein Überleitungsgetränk?«

»Überleitungsgetränk? Was'n das für ein komisches Wort?«

»Hab ich eben erst erfunden. Überleitung. V-V-Von der Couch ins Bett, w-w-wenn du so willst. Daran hat sie gedacht. Und davor hatte sie Angst. Oder was glaubst du, wa-wa-, weshalb sie den überraschenden Besuch erfunden hat?«

»Das heißt also, ich war wieder mal einen Schritt zu schnell...«

Es war alles nur eine Frage des Denkens und des Sich-hinein-Versetzens. Dabei hätte es Richard genügt, eine Frau zu haben, die er liebte und die ihn liebte, ohne jeden Tag von neuem darüber nachzudenken, warum das so war.

Lukas wollte ihm dabei helfen, so gut er es konnte. Er selbst würde in dieser Hinsicht keine Hilfe brauchen. Er hatte sich bereits mit seiner aussichtslosen Lage abgefunden. Die innere Einsamkeit war ein Teil von ihm geworden, und er fürchtete insgeheim, ohne sie seine Identität, sein Ich zu verlieren. Jetzt, in der Nacht seines dreißigsten Geburtstages, wurde es ihm wieder einmal bewußt, daß er allein bleiben würde, daß er es gar nicht mehr anders wollte. Es war vorherbestimmt, um ihm die Fähigkeit *seines* Denkens zu erhalten.

Er erinnerte sich an die letzten Telefonate mit den paar Freunden, die ihm neben Richard noch geblieben waren. Alle waren sie bereits verheiratet oder lebten in einer festen Beziehung. Wie festgefahren ihre Art zu denken doch war.

»Vergiß nicht, das Geschenk für Mutter einzukaufen!« – »Ja, ich werde dran denken.« – »Übrigens, ich komm morgen später. Denkst du dran, mir mein Essen aufzuwärmen?« – »Ja, in Ordnung!« – »Was gibt's denn überhaupt?« – »Weiß ich noch nicht. Ich war noch nicht einkaufen. Wenn ich die Kleine in den Kindergarten gebracht hab, geh ich in den Supermarkt.« – »Hast du den Wagen schon aufgetankt?« – »Himmel, das hab ich doch ganz vergessen!« – »Du denkst aber auch an gar nichts!«

Denken! Hatte das überhaupt noch etwas damit zu tun? Es erschien ihm eher als eine Ansammlung von althergebrachten Riten, ohne Chance auf großartige Sprünge. Ein Ausbrechen war nicht erlaubt, denn die Grenzen des Denkens hießen Nutzen und Plausibilität. Und was dadurch eingegrenzt wurde, war nichts anderes als der Alltagstrott. Hätten sie nur einmal die Chance erhalten, auszubrechen, davorzustehen und über den Zaun zu blicken. Doch halt, nur nicht daran denken! Es könnte weh tun.

So wie Richard. Zehn Jahre danach. Wie eng doch Schmerz und Glück beieinanderlagen. Gestern noch in der trunkenen Vorfreude auf eine verschleierte Monotonie. Und heute ernüchtert; weiser;

allein, aber nicht einsam. Noch nicht. Richard würde wieder eine Freundin finden. Und wenn er aus seinen Fehlern gelernt hatte, würde er niemals Gefahr laufen, neben ihr einsam zu sein. Denn das war das größte Problem aller Partnerschaften: nebeneinander herzulaufen. Ohne Verständigung; einfach der Straße entlang. Oder einer Sackgasse.

Wieder ein Steinchen mehr im Mosaik seiner Sprache: Lukas' Stottern hatte ihn zum Schreiben geführt, das Schreiben zum Beobachten und dadurch zum Denken. Zu seinem Denken. Und jetzt ergab es einen Sinn.

Lukas hatte viele Beziehungen beobachtet und von außen miterlebt. Ganz egal, wie verschieden die Partner auch sein mochten, je mehr sie sich unbemerkt voneinander entfernten, um so ähnlicher wurden sich die Beziehungen. Plausibles Denken, ferngesteuert, wie täglich aufgezogene Analoguhren – mit ausgebautem Wecker, weil er als störend empfunden worden war. Ohne Chance, wirklich aufzuwachen. Es sei denn, jemand brach aus. Störung der Monotonie. Regung der innerlichen Unruhe, weil die Unruh aus dem Takt geriet. Welch leerreiche Lektion!

War das der Sinn seiner Sprachbehinderung? Um anderen helfen zu können, indem er Dinge sah und erkannte, die ihnen verborgen blieben? Warum konnte er sich dann nicht selbst helfen? Vielleicht, weil er gelernt hatte, zwischen Tatsachen und Problemen zu unterscheiden?

Das Stottern war eine Tatsache. Seine Einsamkeit war eine Tatsache. Mit beiden hatte er sich abgefunden.

Was war sein Problem?

Lukas suchte nach einer Antwort. Der Grund für seine Einsamkeit war das Stottern, darüber war er sich im klaren. Aber es mußte einen Auslöser für das Stottern geben. All die anderen konnten frei reden, wie sie wollten. Richard konnte sagen: »Hey, ich find dich echt süß. Wenn du Lust hast, schau doch mal auf 'nen Kaffee vorbei«, während sich Michael mit Vorfreude in der Stimme »eine große Pizza mit Schinken, Salami, Champignons, Tomaten, Oliven und viel Peperoni« bestellen konnte. So war es ihnen vorgelebt, so waren sie erzogen worden. Sollte alles in der Erziehung, in seiner Kindheit begründet sein?

Lukas wollte nicht gern daran denken. Er war immer der Meinung gewesen, er hätte eine glückliche Kindheit gehabt. Manchmal hatte er intensiver darüber nachgedacht, und es waren ihm dunkle Punkte aufgefallen, die er glaubte, vergessen zu haben.

Das Haus in Felswappen. Der Garten, im Sommer. Die Sonne; der Schatten unter den Kirschbäumen. Seine drei Geschwister.

Und seine Eltern.

»Papa!« sagte er leise vor sich hin. »Mama und Papa!«

Er drehte das Glas in seiner Hand, und als er bemerkte, daß es leer war, stand er auf und füllte es erneut, ohne dabei auch nur einen depressiven Gedanken zu hegen. Jedenfalls bemühte er sich darum.

5. Kapitel

Sehnsucht nach dem sicheren Gefühl,
sich unmißverständlich auszudrücken,
dabei so leicht zum Schweigen zu bringen

Zwei Sätze fielen ihm ein, die ihn in frühester Kindheit geprägt hatten. Sein Vater hatte sie oft zu ihm gesagt; vielleicht einfach so dahingesprochen, ohne tiefere Bedeutung, nur um einen Kommentar abzugeben. Aber er hatte sie gesagt, und Lukas hatte sie gehört: »Das tut's schon lang für dich!« und »Du mußt wohl überall vorne dran sein!«

Roswitha und Eberhard Blessing waren einfache Leute, sie Näherin und er Maurer von Beruf. In den sechziger Jahren hatten sie in Felswappen ein Grundstück erworben, zum Quadratmeterpreis von knapp fünfzehn Mark, und es durch Sparsamkeit und Fleiß zu einem kleinen Haus gebracht. Friedrich, der älteste Sohn, war bereits unterwegs. Drei Jahre später kam Herbert, dann Maria und schließlich Lukas.

Lukas bedauerte es manchmal, das Nesthäkchen zu sein. Er hätte sich ein Geschwisterchen gewünscht, für das er der große Bruder gewesen wäre. Vielleicht ein Brüderchen, das ein wenig mehr nach ihm geriet. Er ahnte schon früh, daß er mit Friedrich und Herbert nicht viel gemein hatte. Sie trauten ihm nie etwas zu und trieben oft üble Scherze mit ihm, vor allem Herbert, der ihn noch vor einigen Jahren mit *der kleine Scheißer* ansprach. Herbert war groß und kräftig, und als er sich mit vierzehn Jahren im örtlichen Karatekurs einschrieb, degradierte er Lukas zum wöchentlichen Versuchskaninchen für seine neuerlernten Kampfsporttechniken.

Lukas befand sich stets im Widerspruch mit seinen Brüdern. Einerseits wollte er es ihnen gleichtun, wollte dazugehören, andererseits scheiterte er verbal wie physisch an seinen Fähigkeiten. Bald fand er sich in der Rolle des Gedemütigten wieder, und seine anfänglichen, kläglichen Versuche, sich zu wehren, wichen immer mehr der Erkenntnis, selbst innerhalb der Familie ein Außenseiter zu sein.

Seine Eltern hatten nie etwas von der Sensibilität ihres Benjamins bemerkt. Er trug von klein an die Kleidung der älteren Brüder auf und ihren gemeinsamen Namen, also mußte er auch sein wie sie.

Wenn er sich nur beim Sprechen mehr Zeit lassen würde! Was für ein seltsames Kind er in dieser Hinsicht war. Manchmal brachte er kaum einen vernünftigen Satz heraus.

»Eberhard, was machen wir mit dem Jungen? Dieses Stottern, das ist doch nicht normal!«

»Ach, das gibt sich schon mit der Zeit. – Lukas, komm mal her! Laß dir beim Reden ein bißchen mehr Zeit, hörst du? Ob du gehört hast, will ich wissen!«

»Du mußt besser durchatmen, bevor du etwas sagen willst!«

»Ja, M-M-Mama!«

»Da, schon wieder! Der hört einfach nicht, wenn man ihm etwas sagt. *Du-sollst-bes-ser-durch-at-men*!«

Die Mutter klopfte mit der flachen Hand den Takt auf den Tisch, und der Vater ging ins Wohnzimmer, um fernzusehen. Ob sie sich für ihn schämten?

Sie hatten eben erst das Haus vergrößert, und der Anbau kostete viel Geld. Täglich schufteten sie für ihr Heim, damit sie es alle gemütlich hatten, und niemals gönnten sie sich einen Urlaub. Und jetzt ein Sorgenkind! Wie würde das erst werden, wenn er nächstes Jahr zur Schule ging? Die anderen Kinder würden ihn auslachen, und man würde über sie reden. Das war eine ihrer größten Sorgen: den Ruf zu verlieren. Sie wollten nicht, daß im Ort über sie gesprochen wurde, daß es vielleicht sogar hieß, die Blessings hätten ein geistig behindertes Kind. Dafür würden sie notfalls einen Kredit aufnehmen, um die Arztkosten bezahlen zu können, die eventuell auf sie zukamen.

Sie wollten, daß es aufhörte. Ständig machten sie ihn darauf aufmerksam, mal liebevoll, mal verärgert, und versuchten, ihn mit wohlgemeinten Atemübungen zu einem normalen Sprechen zu bewegen. Hätten sie sein Stottern ignoriert, anstatt ihn zusätzlich zu behindern – Lukas war sich sicher, daß er seinen Sprachfehler mit der Zeit ganz einfach vergessen hätte. Die Ermahnungen der Eltern jedoch hatten ihn nur noch mehr verwirrt und seine Sprechweise zusätzlich beeinflußt. Er war kein normales Kind gewesen, das hatte er damals schon gespürt.

Eine Zeit lang fuhr er jede Woche mit dem Omnibus in die nächstgrößere Stadt zu einer Logopädin, die sich redlich um ihn bemühte. Sie konnte eine geringfügige Besserung bewirken, erreichte aber im Grunde ebensowenig wie die zehn Stunden *Autogenes Trai-*

ning, zu denen sie ihn schickte.

In den folgenden Jahren war die Mutter mit ihm zu allen möglichen Ärzten gefahren war. Er erinnerte sich noch gut an den Besuch in einer Poli-Klinik. Dort mußte er verschiedene Tests mitmachen, und sie dauerten beinahe den ganzen Tag. Hörtests, Tintenkleckstests, Farbtests, Reaktionstests und was es noch alles gab, um herauszufinden, ob er geistig nicht ganz in Ordnung war.

Lukas schnitt überall gut ab, und eine der Ärztinnen bescheinigte ihm eine äußerst ausgeprägte Phantasie. Sein Sprachproblem konnte auch sie nicht lösen. Ihre Tests beschäftigten sich mit Augenblick und Tatsache und ließen die Ursachen außer Betracht. Wie hätte sie auch an einem Tag herausfinden können, was ihm in dreißig Jahren nicht gelungen war?

Plötzlich schien ihm, als fügten sich die Teile allmählich zu einem Bild zusammen. Noch war es verschwommen, aber das lag am Whiskey. Er mußte nüchtern werden, um schärfer denken zu können. Er ging in die Küche und setzte Kaffee auf. Starken Kaffee.

Nachdem er die Maschine eingeschaltet hatte, nahm er eine Dusche. Als er sich beim Abtrocknen hin und wieder im Spiegel betrachtete, dachte er an den kleinen Jungen, der im Krankenhaus beinahe an Lungenentzündung gestorben wäre. Wieder blickte er an sich hinab, auf die eineinhalb Meter, die man bei einer Körpergröße von einhundertfünfundachtzig Zentimeter ohne Spiegel sehen konnte. Dann entdeckte er die Mulde an seinem rechten Oberschenkel, knapp unterhalb der Leiste. Er war nicht nur wegen einer Lungenentzündung im Krankenhaus gewesen. Da war noch etwas. Mutter hatte es ihm irgendwann erzählt.

Er schlüpfte in seinen Bademantel, holte sich den Kaffee aus der Küche und begab sich wieder ins Wohnzimmer. Während er den ersten Schluck trank, blätterte er mit einer Hand in seinem Tagebuch. Er hatte sich nicht geirrt.

»... *Mit Mama über meine Kinderkrankheiten gesprochen. Sie sagt, sie weiß die Daten nicht mehr so genau. Auf alle Fälle bin ich Ende Oktober 1965, also im Alter von noch nicht mal zwei Monaten, für längere Zeit ins Krankenhaus gekommen. Wahrscheinlich bis Mitte Januar 1966. Hatte am ganzen Körper Abszeß. Bin schon mit vielen roten Punkten am Körper auf die Welt gekommen, sagt Mama. Habe damals den ganzen Tag nur geschrien. Anfang August 1966 mußte ich wieder ins Krankenhaus, diesmal nur sechs Wochen lang. Wegen doppelseitiger Lungenentzündung und Mittelohreiterung. Mama sagt, ich wäre beide Male beinahe gestorben...«*

Abszeß am ganzen Körper. Die Mulde am rechten Oberschenkel rührte von einem der Schläuche her, an die er für mehrere Wochen angeschlossen war. Dies war in den ersten Monaten seines Lebens geschehen, in einer Zeit, in der er, wie alle Babies, zugenommen hatte und größer wurde. Gleich seinen anderen Gliedmaßen wuchs auch sein Oberschenkel weiter, nur nicht an jener Stelle, an welcher der Schlauch befestigt worden war.

Lukas öffnete den Bademantel und betrachtete die Stelle noch einmal. Die Mulde war deutlich zu sehen. Ein einschneidendes Erlebnis aus frühester Kindheit, das er nicht mal bewußt miterlebt hatte. Und doch waren die beiden Aufenthalte im Krankenhaus die bedeutsamsten Prägungen, die ihm körperlich je widerfuhren. Alle anderen Einschnitte waren geistig-seelischer Natur und von Menschen verursacht, wobei er sich selbst nicht ausnahm. Und sie waren in seiner Kindheit zu suchen. Alle inneren Konflikte, an denen er teilweise heute noch zu arbeiten hatte, wären zum größten Teil anders verlaufen, wenn man seine *seelische* Verletzbarkeit besser beachtete hätte.

Da waren die scheinbar verlorenen Jahre bei der Post.

»Du mußt dich besser durchsetzen, Lukas!«

Eine Folgeerscheinung, nichts weiter, zwar äußerst langwierig, aber dennoch eine Folgeerscheinung.

Die Sache mit Andrea im Schwimmbad.

»Du bist noch so jung, laß dir noch ein bißchen Zeit!«

Aber darum ging es doch gar nicht! Blöder Affe hin oder her, es war ein demütigendes Gefühl als Folge von demütigenden Prägungen.

Die Wissenslücken in Erdkunde und Geschichte.

»Du mußt halt besser aufpassen, wenn der Lehrer was erklärt. Stell dich nicht so an, bist doch sonst auch nicht so dumm! Die anderen kapieren's ja auch!«

Was für eine Logik!

Die seltsamen Pizzabestellungen und seine immer seltener gewordenen Kneipenbesuche.

»Du mußt ja auch nicht jeden Abend ausgehen. Spar dir dein Geld lieber. Irgendwann wirst du auch mal eine Familie haben...«

Familie? Wie denn?

Folgeerscheinungen, das waren nichts als Folgeerscheinungen, mit Scheinlösungen präpariert.

Sie hatten einen Ja-Sager aus ihm gemacht, einen, der sich mit allem abfand, der niemals aufbegehrte, ohne daß man ihm sogleich den Mund verbot. Er war so leicht zum Schweigen zu bringen.

Hier waren die Ursachen zu suchen, über die sich keiner Gedanken zu machen wagte, nicht mal Lukas selbst, weil er unbewußt ahnte, daß sie die Grundfeste seiner Identität ins Wanken bringen konnten: die Familie. Jetzt war es an der Zeit, sich einzugestehen, wie heil seine heile Welt in Felswappen wirklich gewesen war.

Herbert saß am Frühstückstisch, als Lukas, nur mit seiner Schlafanzugjacke bekleidet, in die Küche kam.

»Mama, schau mal, der kleine Scheißer hat schon wieder ins Bett gepißt!«

Die Mutter war an der Brotschneidemaschine beschäftigt. Sie drehte sich um und blickte Lukas vorwurfsvoll an.

»Lukas! Du weißt doch, was der Doktor gesagt hat: Du sollst nach vier Uhr nachmittags nichts mehr trinken!«

»H-H-Hab ich doch g-g-gar nicht!«

»Komm, lüg mich nicht an! Ist das Bett arg naß?«

»G-G-Geht so...«

»Nächsten Monat wirst du sieben. Wie lang soll das denn noch so weitergehen mit dir?«

»W-W-Was kann ich denn dafür, w-we-wenn ich einfach nicht aufwache?«

»He, Mama«, mischte sich Herbert lachend ein, »hau dem Ferkel doch einfach jeden Morgen ein paar runter, wenn er sich wieder vollpißt. Bin mir sicher, daß die Sauerei dann ganz schnell von selber aufhört.«

Die Mutter überhörte seinen Einwand.

»Nun komm, Lukas«, sagte sie, »zieh dich an. Dein Kakao wird kalt! Ach, jetzt kann ich wieder dein Bett neu überziehen. Ich mag dich bald nicht mehr, wenn du nicht schleunigst damit aufhörst!«

Was sie damit meinte? Noch mochte sie ihn, aber wenn er wollte, daß sie ihn weiterhin liebhatte, mußte er es schaffen, nachts nicht nur vom Pinkeln zu träumen, sondern wirklich wach zu werden. Im Traum sah er sich oft auf der Toilette beim Wasserlassen, und genau dann, wenn er damit fertig war, wachte er auf und erkannte, daß er nur den Gang zur Toilette geträumt hatte, nicht aber das, was er dort gemacht hatte.

»Ich mag dich bald nicht mehr, wenn...«

Das hatte sie schon mehrmals gesagt. Er konnte es sich beim besten Willen nicht vorstellen, daß seine Mutter ihn nicht mehr liebhaben könnte. Sie hatte immer alles für ihn getan. Sie pflegte ihn liebevoll, wenn er Grippe oder Masern hatte, machte ihm heiße Schmalzwickel um die Brust, wenn er erkältet war, und saß oft bis spät in die Nacht hinein an der Nähmaschine, um eine Jacke oder eine Hose für ihn zu zaubern. Einmal kaufte sie ihm ein neues Malbuch, ohne daß er es sich mit Geburtstag oder Namenstag verdient hätte, und er bedankte sich im Laufe jenes Nachmittags siebenmal bei ihr.

Seltsam, was einem in einer Nacht alles einfallen konnte. Ob sie es geahnt hatte, daß seine übermäßigen Danksagungen nur ein Synonym waren für »Ich hab dich lieb, Mama«, als sei es ihm bewußt gewesen, daß er ihr mehr Arbeit und damit auch mehr Sorgen machte als seine drei Geschwister?

Wie viele unausgesprochene Dinge es doch gab zwischen ihm und seiner Mutter und, mehr noch, zwischen ihm und seinem Vater. Immer schon, von klein auf, hatte er ein wenig Angst vor ihm gehabt. Sein Vater war von der *Solang-du-deine-Schuhe-unter-meinen-Tischstellst*-Sorte, leicht reizbar, verbittert darüber, wie hart er für seinen geringen Lohn arbeiten mußte, und unfähig, Gefühle zu zeigen. Es gab öfter Streitigkeiten zwischen ihm und den beiden älteren Söhnen, was Lukas' Gefühlsleben zusätzlich belastete. Nichts war ihm verhaßter als eine Störung der Harmonie. Die Mutter stellte sich meist auf die Seite seiner Brüder, was die Sache nicht vereinfachte.

Lukas' Vater war, ebenso wie die Mutter, im Grunde seines Herzens ein guter, ein anständiger Mensch, der alles für seine Familie tat und darüber hinaus immer darauf bedacht war, seinen Kindern ein besseres Leben zu bieten, als er es gehabt hatte. Er hatte bereits Pläne geschmiedet, für deren Durchführung er ein gewisses Maß an Gehorsam verlangte, und sich in das Dilemma aller besorgten Eltern begeben: Sie meinten es ihren Kindern gut und verplanten deren Leben mit den allerbesten Möglichkeiten von Anfang an, so daß sie bereits ein vorgefertigtes Persönlichkeitsbild von ihnen besaßen, noch bevor sie überhaupt auf der Welt waren. Als wollte man sich eine möglichst runde Zahl ausdenken als Lösung einer Rechenaufgabe, die man noch gar nicht kannte. Wobei Vater beziehungsweise Mutter zu sein ohnehin bereits eine Aufgabe war, die längst über den Dreisatz hinausging.

Was Lukas immer wieder wütend auf seinen Vater machte, war die Tatsache, daß er mit seinen schriftstellerischen Neigungen keine Anerkennung bei ihm fand. Überhaupt interessierte sich keiner in der Familie dafür, was er schrieb, zumindest anfangs nicht. Den Geschwistern war es egal, der Mutter war es recht, solange die Schule nicht darunter zu leiden hatte, doch der Vater nannte es reine Papierverschwendung. Lukas fühlte sich gekränkt, denn sein innigster Wunsch war es, das Schreiben einmal zu seinem Beruf zu machen.

Andererseits war ihm die Ablehnung des Vaters ein Ansporn, weiterzuschreiben und *es ihm zu zeigen*. Dennoch fühlte er sich unverstanden, vor allem deshalb, weil der Vater sich seiner Lieblingsbeschäftigung verweigerte, ohne jemals etwas von ihm gelesen zu haben.

Jetzt erkannte Lukas, welch unglückliche Verkettungen dabei zusammengekommen waren. Erstens hatte er seinen Vater noch nie mit einem Buch in der Hand gesehen. Sein Vater war kein belesener Mensch; er schöpfte sein Wissen aus Dingen, die er am eigenen Leib erfahren hatte, sowie aus harter körperlicher Arbeit. Zweitens, und das war der entscheidende Punkt, dachte sein Vater immer einen Schritt weit voraus, um auf Nummer Sicher zu gehen. Sicherheit war äußerst wichtig für Lukas' Vater, und diese Sicherheit und alles, was damit zusammenhing, wollte er an seine Kinder weitergegeben wissen. Es mußte eine Schreckensvision für ihn gewesen sein, sich seinen Jüngsten als Künstler, in einem Hungerleiderberuf vorzustellen. Die sichersten Berufsaussichten lagen in den Augen seines Vaters immer noch beim Staat.

Als Lukas fünfzehn war, war sein Sprachproblem nicht besser geworden. Er dachte an die Zeit nach der Schule und ahnte, was im Kreise von neuen Kollegen auf ihn zukommen würde. Andererseits war er sich dessen bewußt, daß es die Ausbildung *Schriftsteller* nicht gab. Es blieb ihm gar nichts anderes übrig, als eine Lehre hinter sich zu bringen, wenn er nicht nach der Realschule arbeitslos sein wollte. Und so begann er die Ausbildung bei der Post. Eine Planstelle bei

Vater Staat. Immer diese Väter mit ihren Plänen! Wer fragte da schon nach Sensibilität, wenn eine Sache so sicher war?

In bedingtem Maße legte auch Lukas Wert auf Sicherheit. Sie erschien ihm jedoch bedeutungslos, wenn er sich von Anfang an nur darüber *sicher* sein durfte, sich nicht auf seine individuelle Art äußern zu können. Lukas sehnte sich nach dem sicheren Gefühl, sich unmißverständlich auszudrücken, um verstanden und vor allem anerkannt zu werden. Inmitten ihrer ehrgeizigen Pläne hatten es seine Eltern versäumt, ihn zu einer eigenen Persönlichkeit zu erziehen und seiner Selbsteinschätzung den faden Beigeschmack einer Nummer, einer Zahl zu nehmen. Er hatte kein Selbstwertgefühl. Dabei wäre es so einfach gewesen. Ein klein wenig Erkenntnis – »Eberhard, stell dir vor, Fräulein Schnörch hat gesagt, daß er in den Aufsätzen so begabt ist« –, ein klein wenig Aufmunterung – »Lukas, wenn du wieder eine Geschichte fertig hast, dann laß mich doch mal was lesen« –, und der Weg vom Benjamin zum Lukas, vom kleinen Scheißer zum jüngeren Bruder wäre um einiges leichter gewesen. Mit Sicherheit. Oder waren die Eltern vielleicht vorgewarnt durch das Selbstbewußtsein seiner Brüder und wollten einer übermäßigen Entwicklung bei Lukas von vornherein entgegenwirken?

»Wenn ich was sage, dann wird das so gemacht«, sagte der Vater zu Friedrich.

»Noch einmal, und ich hau dir eine rein«, sagte Friedrich zu Herbert.

»He, kleiner Scheißer, hast du wieder mal ins Bett gepißt?« grinste Herbert. »Paß auf, das sag ich Mama!«

Und Lukas fraß alles in sich hinein, so wie er es gelernt hatte.

Das tut's schon lang für dich. Mußt ja nicht überall vorne dran sein...

Nein, mußte er nicht. Aber immer der letzte? Da war kein jüngerer Bruder mehr, an dem er seine Enttäuschung hätte loswerden können. Aber wollte er das überhaupt? Er hätte gerne einen kleinen Bruder gehabt, um ihn so zu behandeln, wie er gerne behandelt werden wollte. Seinen Ärger hätte er auch bei Maria loswerden können. Aber das war ihm erst recht zuwider. Nicht, weil sie ein Mädchen war. Sondern weil sie seine Schwester war, ein Mensch, den er wahnsinnig gern hatte.

6. Kapitel

Und sehe was, was ihr nicht seht,
in einem verborgenen Speicher

Und dann fährt der Mann mit seinem Schlitten den Berg runter. Weißt schon, Maria, so einen Schlitten, wie du einen hast. Und er fährt total schnell. Darum sieht er die Sprungschanze nicht. Da haben nämlich ein paar Buben eine Sprungschanze gebaut, mitten auf dem Berg. Und der Mann fährt mit seinem Schlitten voll drüber, und dann schleudert es ihn hoch in die Luft, ganz hoch. Aber, und das hab ich dir ja noch gar nicht gesagt, er ist furchtbar dick, dieser Mann. Er wiegt mindestens zehn Zentner. Und weil er so schwer ist, kracht der Schlitten mitten auseinander, wie er von der Luft aus wieder auf den Schlitten drauffällt. Der Schlitten ist kaputt, und der Mann kugelt seitlich weg. Aber weil er eine ganz rutschige Lederhose anhat, rutscht er einfach weiter. Weil, der Berg ist nämlich sehr steil, und der Mann rutscht und rutscht und rutscht und rutscht voll in einen Schifahrer hinein, der gerade von der Seite her kommt. Da wirft es den Schifahrer hin, aber der Mann rutscht immer noch weiter, und unten, wo der Berg aufhört, sieht er auf einmal den See. Der ist zwar zugefroren, der See, aber der Mann ist ja so furchtbar schwer, und er rutscht immer weiter und...«

»Hör auf, Lukas, hör auf!« lachte Maria und hielt sich den Bauch. »Ich kann nicht mehr!«

»Aber ich hab doch gerade erst angefangen. Die Geschichte geht noch weiter, ich hab sie mir gerade erst für dich ausgedacht.«

Lukas lag mit Maria in ihrem Bett und kuschelte sich eng an sie. Er mochte seine Schwester, und sie mochte ihn. Es machte ihm Spaß, sich abends vorm Zubettgehen für eine halbe Stunde zu ihr zu legen und ihr soeben erfundene Geschichten zu erzählen.

Fünfundzwanzig Jahre mußte das her sein, aber an die Geschichte mit dem Mann und seinem Schlitten konnte er sich noch gut erinnern. Plötzlich fielen ihm auch die Spiele ein, die er mit seiner Schwester im spärlichen Licht der Nachttischlampe gespielt hatte. Einfache Ratespiele wie *Ich sehe was, was du nicht siehst, und das ist rot/blau/grün...* oder *...das beginnt mit f/r/k...* Er mußte lächeln, als er an die unsinnigen Endloswörter dachte, die ihm im Eifer seines ungebändigten

49

Sprechdranges aus dem Munde purzelten: »Gulla-galla-gella-rollo-ralla-galla-malla-milla-wolla...«

Ob er dabei gestottert hatte? Es wäre nicht aufgefallen, denn die Wörter waren unüberlegt gesprochen worden, einfach aus Lust am Sprechen.

Lust am Sprechen! Nein, Lukas hatte damals noch nicht gestottert. Weder bei seinen Endloswörtern noch bei den langen Geschichten, die er seiner Schwester erzählte. Hätte er damals bereits an seinem Sprachfehler gelitten, wären die Geschichten kürzer ausgefallen. Außerdem hätte ihn Maria in der sorglosen Art eines Kindes, die Wahrheit zu sagen, darauf aufmerksam gemacht. Lukas wäre sein Sprachproblem bewußt geworden, und er hätte sich ganz bestimmt geschämt und kein Wort mehr weitererzählt.

Das war eine neue Erkenntnis! Es mußte eine Zeit gegeben haben, in der Lukas fehlerfrei sprechen konnte. Wann war das gewesen? Vor dem Tod der Großmutter oder nachher? Aber war das überhaupt wichtig? Nein, wichtig war nur eines: Lukas war nicht von Anfang an ein Stotterer gewesen. Sein frühkindlicher Spracherwerb konnte also durchaus normal verlaufen sein.

»Mama – Papa – Lukas.«

»Eberhard, komm doch mal und sieh, wie schön er spricht!«

Wie schön er spricht! Das war ihnen aufgefallen. Daß er schön sprach und mit jedem Tag immer schöner sprechen würde, weil er neue Wörter hinzulernte. Hatten Kinder einen verborgenen Speicher, in dem sie unbewußt Aussagen aufnahmen, um später, wenn nötig, entsprechend darauf zu reagieren? War es möglich, daß er eines Tages absichtlich nicht mehr schön gesprochen hatte, um auf sich aufmerksam zu machen, sozusagen als Hilferuf?

Da war der Tod der Großmutter, und Lukas wußte nicht, mit wem er wie darüber reden sollte. Niemand hatte ihm erklärt, was es bedeutete, wenn jemand starb, und doch hatte er alles mitangesehen.

Die Mutter wusch das Geschirr, und Lukas spielte mit Maria und Herbert in der Küche, als der Großvater hereinkam.

»Roswitha, die Mutter hat ein Auge gebrochen«, sagte er mit zitternder Stimme.

Lukas konnte sich nichts darunter vorstellen. Die Mutter begann zu weinen, also mußte es etwas Schlimmes sein.

»Kann Großmutter jetzt nichts mehr sehen?« fragte er Maria und

Herbert.

»Ich weiß es nicht«, antwortete Herbert.

Die Mutter ging mit dem Großvater nach oben ins Schlafzimmer der Großeltern, und die drei Geschwister gingen ihnen nach. Vor der offenen Schlafzimmertür blieben sie stehen und blickten in den mit einem Mal unheimlich gewordenen Raum.

Mutter und Großvater standen betroffen am Bett, in welchem die Großmutter lag. Ein Auge hatte sie geschlossen, das andere war leicht geöffnet, ebenso der Mund. Sie röchelte leise, während sie mühsam ein- und ausatmete. Herbert und Maria begannen zu weinen und wagten es nicht, das Zimmer zu betreten. Lukas jedoch ging furchtlos hinein bis nah an das Bett. Die Mutter sah ihn unter Tränen an und streichelte ihm mit der Hand über den Kopf.

»Komm, Lukas«, sagte sie sanft, »geh hinaus zu den anderen.«

»Was ist mit Großmutter? Ist sie krank?«

»Ja, sehr krank. Sie wird uns bald verlassen. Komm, geh raus zu Maria und Herbert.«

Lukas ließ sich nicht abweisen. Staunend blieb er am Bett der Großmutter stehen, und seine Mutter war zu traurig, um ihn hinauszudrängen. Sie ließ ihn gewähren und vergaß in ihrem Schmerz, mit ihm darüber zu reden, was mit der Großmutter geschah.

Der Tod eines Familienangehörigen wäre noch keine ausreichende Erklärung dafür gewesen, daß ein Kind zu stottern begann. Lukas fühlte, daß er auch den Verarbeitungsprozeß näher untersuchen mußte; daß es nicht nur ein Mitglied der Familie war, das mit einem Mal gefehlt hatte, sondern auch ein Glied in der Aufarbeitungskette des Sterbens.

Jetzt, aus der Distanz, begannen sich die Dinge zu klären, und Lukas glaubte, Zusammenhänge zu durchschauen. Plötzlich spürte er, daß der Tod der Großmutter, über den er in dieser Nacht schon einmal nachgedacht hatte, ein weiteres Geheimnis barg.

»Hör auf, mich zu zwicken!« rief Maria.

»Ach komm«, sagte Herbert, »das hat doch gar nicht weh getan!«

»Aber davon bekommt man Krebs!«

»Wer sagt das?«

»Luise. Ein Mädchen aus meiner Klasse.«

»So ein Quatsch. Du glaubst aber auch jeden Unsinn, den man dir erzählt. Krebs! Pah!«

»Und wenn ihr Vater nun zufällig Doktor Springmann ist, was sagst du dann? Der muß es ja wohl wissen, oder etwa nicht?«

Lukas hatte sich jedes Wort gut eingeprägt. Als er abends darüber nachdachte, bekam er es plötzlich mit der Angst. Wenn man Krebs bereits vom Zwicken bekommen konnte, dann war es erst recht möglich, daß man durch einen Boxhieb daran erkrankte. Die Großmutter war an Brustkrebs gestorben. Er hatte ihr einige Zeit vorher diesen Hieb in die Brust versetzt. Und die Neckerei zwischen Herbert und Maria hatte ihm den Anstoß gegeben für seine Schuldgefühle, die er jeden Abend mit ins Bett nahm, weil er niemandem davon erzählen konnte.

Da waren diese furchtbaren Alpträume vom Großvater, die ihn eine Zeit lang beinahe jede Nacht quälten. Immer wieder dieses drohende Lachen des Großvaters, sein teuflisches »Ich krieg dich schon!«, die geballte Faust und der Blick seiner schwarzen Augen. Lukas lief vor ihm davon, und als er sich in Sicherheit wähnte, weil er auf einmal fliegen konnte, blieb er an der Hochspannungsleitung hängen. Immer wieder verfing er sich in den verdammten Drähten, und der Großvater stand unter ihm und schickte ein häßliches Lachen zu ihm hoch, und seine Arme wurden länger und länger. Schließlich bekam er einen seiner Füße zu packen, und er packte fest zu, so daß Lukas manchmal im Traum leise aufschrie. Dann wurde er meist wach und bemerkte, daß er wieder ins Bett gemacht hatte.

Er hatte unbewußt auf sich aufmerksam machen wollen, weil ihn das Gewissen drückte. Zuerst war es das Bettnässen, und als er damit nur »Pfui« und »Du Ferkel« erreichte, durchstöberte er seinen kindlichen Speicher.

Wie schön er spricht!

Wenn sie nur mit ihm hätten sprechen wollen! Er war erst fünf Jahre alt gewesen und hatte sich mit Gedanken gemartert, über die er nichts wissen, die er nicht verstehen konnte.

»Lukas, du sollst doch nach vier Uhr nichts mehr trinken!«

»Atme durch, Lukas. Du mußt besser durchatmen!«

»Nein, Mama, nein, Papa«, sagte er fünfundzwanzig Jahre später vor sich hin. »Damit hat das alles nichts zu tun. Es ist nur so: Ich sehe was, was ihr nicht seht, und das tut immer noch weh...«

7. Kapitel

Denn sie war bestimmt kein Zufall,
die Sehnsucht nach dem Streicheln seiner Seele,
bei diesem unsagbaren Druck
zwischen Gaumenhöhle und Rachen

Lukas hatte als kleiner Junge nie viele Freunde gehabt. Ein paar Nachbarkinder kamen manchmal zum Spielen, hin und wieder auch einige Schulkameraden. Und doch gab es jemanden, der für ihn mehr war als ein guter Freund. Jemand, dem er alles anvertrauen konnte, mehr noch, mit dem er viele Abenteuer bestand; den er selbst erfunden hatte. Kaum, daß er Lesen und Schreiben gelernt hatte, schrieb er in einem kleinen, blauen Schulheft seine Geschichten vom Bären Bumbum nieder. Dabei vergaß er es meist, auf die Grundhaltung seines Füllfederhalters zu achten. Bumbums unvorsichtiger Griff in die Bienenwaben war aber auch zu aufregend.

Die Bienen! Sie stachen zu!

Lukas schrieb schneller.

Bumbums Pfote schwoll an und wurde dicker und dicker, und Lukas' Hände wurden feucht.

Lauf doch, Bumbum, lauf doch!

Am liebsten wäre Lukas ein Teil der Geschichte gewesen, um seinem Freund zu helfen. Aber bislang hatte er nur Märchen gelesen, all die Erzählungen über Riesen und Könige und Prinzen und Wölfe und Geißlein, in denen der Erzähler selbst nie vorkam. Lukas hatte noch nicht gelernt, mit *Ich* zu beginnen. Er konnte Bumbums Abenteuer nur in Gedanken miterleben.

Dennoch waren seine ersten schriftstellerischen Tätigkeiten von unschätzbarem Wert für seine spätere Entwicklung. Er hatte etwas entdeckt, mit Hilfe dessen er sich ausdrücken konnte, ohne sprechen zu müssen. All seine Ängste und Probleme, aber auch seine kindliche Neugier konnte er spielerisch in seine Geschichten einbauen und, zumindest zum Teil, verarbeiten.

Denn es war bestimmt kein Zufall, daß nicht etwa ein vorbeikommender Förster Bumbums Pfote gesundpflegte. Lukas schickte den Bären geradewegs zu Doktor Pillermann. Seine Praxis war genau so eingerichtet wie die vom Hausarzt seiner Eltern. Der wiederum hatte Lukas seine erste Arznei verschrieben. Kleine, hellrote Pillen in Form eines Dreiecks, die seinen nächtlichen Harndrang stoppen sollten. Oder auch sein Durstgefühl, er wußte es nicht mehr genau.

Doktor Pillermann und der Bär Bumbum wurden gute Freunde. Und da der Doktor allein wohnte, nahm er Bumbum bei sich auf. Wie gut es doch war, einen Bären Bumbum im Hause zu haben, der ihm bei der täglichen Arbeit ein wenig zur Hand ging! Bumbum wischte Staub, polierte die alten Möbel und wusch das Geschirr. Am liebsten jedoch kümmerte er sich um die Sträucher und Bäume des Gartens. Im dritten Kapitel geschah es, daß er beim Apfelpflücken von der Leiter fiel. Wie gut war es da, einen Doktor Pillermann im Hause zu haben!

Im Grunde genommen waren es Geschichten über schmerzhafte Erfahrungen durch unbekannte Mächte, auf die am Ende immer wieder Trost und Heilung folgten. Vielleicht lag darin die Ursache für Lukas' unbezähmbaren Drang, beinahe jeden Tag an Bumbums Abenteuern weiterzuschreiben: die Sehnsucht nach Trost, nach dem Streicheln seiner Seele.

Es ergab sich eines Tages, daß er zusammen mit einer Mitschülerin als letzter das Schulhaus verließ. Ariane war zu Fuß, und Lukas schob sein Fahrrad neben ihr her. Ihm fiel auf, daß Arianes Schultasche ziemlich schwer sein mußte, weil sie sich gar so sehr damit abmühte.

»Gib mir doch deine T-, deinen Schulranzen«, sagte er.

»Ich hab's ja schon immer gewußt«, lispelte Ariane und reichte ihm die Tasche.

»W-Was denn?«

»Daß du ein Kavalier bist!«

Lukas winkte verlegen ab.

»Nein, wirklich«, fuhr Ariane fort, »die anderen Buben aus unserer Klasse sind alle so schwer von Begriff.«

Lukas lächelte und freute sich über dieses Kompliment. Gemeinsam befestigten sie die Schultasche auf dem Gepäckträger seines Fahrrades, und Lukas begleitete Ariane nach Hause.

Als er nachmittags über seinem blauen Schulheft saß, stand eindeutig fest: Bumbum brauchte eine Freundin! So ließ er es geschehen, daß Doktor Pillermann für einen Tag seine Praxis schloß, um mit Bumbum einen Ausflug zu machen. Sie gingen auf den Wald zu, in dem Bumbum im ersten Kapitel von den Bienen gestochen worden war. Und da stand sie plötzlich, lächelnd an eine Buche gelehnt, das Fell sorgsam geputzt und einen Picknickkorb in der Hand: die Bärendame Hannelore!

Einige Tage später saß Lukas mit seinem Vater und den Geschwistern am gedeckten Mittagstisch.

»Dauert's noch lange?« fragte Friedrich.

»Gut zwanzig Minuten«, antwortete die Mutter, die am Herd stand und die Knödel formte.

»Soll ich euch mein neuestes K-K-, die Geschichte vorlesen, die ich gestern geschrieben habe?« fragte Lukas aufgeregt.

»Oh ja, lies vor«, rief Maria.

Und Lukas begann zu lesen: »... *Hannelore und B-Bumbum teilten sich ein Bett im Hause von Doktor P-Pillermann. Eines Tages, es war sieben Uhr morgens, wachte B-B-Bumbum als erster auf, dann Hannelore. Bumbum sah... H-, sah Hannelore an und erschrak. 'Hannelore, du bist ja g-ganz rot im Gesicht!' sagte er. Hannelore war sch-schwanger!«*

Maria blickte betreten zu Boden, Herbert und Friedrich brüllten vor Lachen, und sogar der Vater lächelte. Die Mutter jedoch wandte sich erschrocken um und hätte beinahe einen Knödel fallen lassen.

»Aber Lukas!« rief sie. »Das kannst du doch nicht schreiben!«

»Meinst du?« fragte er traurig.

Mehr wurde darüber nicht gesprochen. Lukas aber ging die vermeintliche Kritik seiner Mutter so nah, daß er keine Zeile mehr weiterschrieb. Wieder einmal fühlte er sich schuldig, etwas getan zu haben, das nicht dem Normalen entsprach.

Er konnte nicht wissen, daß die Mutter nur Angst davor hatte, unangenehme Fragen beantworten zu müssen. Fragen, die ihr vor nicht allzulanger Zeit von ihren älteren Söhnen gestellt worden waren; denen sie sich entzogen hatte mit Sätzen wie »Das ist nun mal so!« oder »Das verstehst du noch nicht!«, »Das erklär ich dir ein anderes Mal, wenn du größer bist!« oder »Ich hab jetzt keine Zeit!«

Sie ahnte nichts davon, daß sie ihm durch ihre unbedachte Äußerung den Mut und die Freude genommen hatte, sich frei und ungezwungen zu äußern. Das Schreiben war zu dieser Zeit seine einzige Möglichkeit gewesen, sich mit seinen Ängsten und Problemen auseinanderzusetzen. Doch es sollte noch ein, zwei Jahre dauern, bis Lukas wieder etwas Neues zu schreiben begann. Währenddessen blieb das Unausgesprochene unausgesprochen, und sein Sprachfehler steigerte sich teilweise bis an die Grenze zur Sprachlosigkeit.

Und wieder hörte er nur Durchatmungs- und Lufthol-Appelle, von denen sich seine Eltern offensichtlich immer noch eine Besserung versprachen. Dabei erreichten sie nur das Gegenteil. Ungewollt bestärkten sie ihn in dem Gefühl, ein Versager zu sein; zuerst im täglichen Sprachgebrauch, dann als schreibender Erzähler. Schließlich zwangen sie ihn dazu, jeden Abend eine Geschichte aus einem Märchenbuch vorzulesen. Jedesmal, wenn er hängenblieb, klopfte die Mutter den Sprechtakt auf den Tisch.

»Es war einmal eine P-P-P-, eine P-Prinzessin, die---«

»Lukas, du mußt Luft holen vor der Prinzessin«, sagte die Mutter. »Du willst immer alles auf einmal sagen, das kann doch kein Mensch. Wenn ich nicht regelmäßig durchatme beim Reden, dann krieg ich irgendwann auch nichts mehr raus. Laß dir doch Zeit und atme richtig durch!«

»Aber w-w-wenn ich---«

»Da, schon wieder! Nicht *We-We-Wenn ich*! Du atmest nie richtig durch. Glaub mir doch mal was!«

Sie schrie nicht. Das tat sie selten. Und doch war etwas in ihrer Stimme, das ihm mißfiel. Sie klang nach überstrapazierten Nerven, ungeduldig und besserwisserisch. Aber wie konnte sie etwas besser wissen, was er – und nur er – bei jedem Satz erlebte? Wie gern hätte er ihr von diesem unsagbaren Druck erzählt, den er zwischen Gaumenhöhle und Rachen verspürte, wenn er hängenblieb. Oder von diesem sonderbaren Mitleid, das ihn bei dem Gedanken an die Prinzessin überkam, weil er ihren Namen nicht aussprechen konnte. Es war seltsam, aber Prinzen und Prinzessinnen hatten in seiner Vorstellung nie etwas mit Prunk und Pracht zu tun gehabt, sondern vor allem mit einer Portion Traurigkeit.

Und von all jenen Traurigkeiten war immer auch ein klein wenig in ihn gedrungen. Ein klein wenig nur, aber es hatte genügt, um seine Grundstimmung auf Dauer zu beeinflussen und einen Melancholiker aus ihm zu machen, einen Pessimisten. Und später auch einen zeitweiligen Trinker.

8. Kapitel

Ein vorübergehendes Nichts
auf der Suche nach einer Sicherheit
und einem aufmunternden Lächeln

Hin und wieder aß Lukas Innereien sehr gerne, und gedünstete Leber mochte er besonders. Diesmal gab es Kartoffelbrei dazu, an dem er sich sonst gar nicht sattessen konnte. Er wünschte »G-G-Guten Appetit!« und begann, das Fleisch zu schneiden. Bereits nach dem ersten Schnitt bemerkte er, daß es innen roh war, und auf seinem Messer zeigten sich Blutspuren. Er schob den Teller beiseite.

»K-K-Komm, Mama, l-l-laß uns gehen«, sagte er.

Seine Mutter hatte ebenfalls keinen Hunger mehr. Lukas nahm seine Reisetasche, und sie verließen die Kantine.

»Habt ihr für heute wirklich schon frei?« fragte die Mutter, als sie durch den Innenhof des Ausbildungsgeländes gingen.

»Ja, so wie ich d-d-das v-ver-v... Der Ausbilder hat doch gesagt, für heute ist Schluß. M-M-Muß mir eh noch mein Z-Z-Zimmer einrichten und meine S-S-Sachen auspacken.«

»Ich helf dir dabei. Nun komm, beeilen wir uns, vielleicht kommt gerade ein Bus!«

»Du mußt aber nicht m-m-mitkommen, Mama. Ich sch-schaff das schon alleine.«

»Ach, ich hab noch Zeit. Mein Zug geht erst kurz vor drei.«

»Na, w-w-wenn du meinst.«

Mit Bus, U- und S-Bahn fuhren sie durch die Innenstadt zum *Haus der Ibanezer*. Es wurde von allen *Iban* genannt und sollte für die nächsten drei Jahre während der Woche Lukas' neues Zuhause sein; ein Jugendwohnheim mit Platz für etwa vierhundert Jugendliche, die hier in fünfzehn Wohngruppen untergebracht waren.

Lukas' Mutter ließ es sich nicht nehmen und begleitete ihn auf sein Zimmer in die Gruppe 8. Gemeinsam packten sie die Reisetasche aus, und die Mutter schlichtete seine Kleidungsstücke sorgfältig in die Fächer seiner Schrankhälfte.

»So«, sagte sie zufrieden, »jetzt ist alles sauber eingeräumt.«

Lukas wollte »Danke« sagen, aber er brachte es nicht sogleich heraus. Er suchte nach einem Auftakt-Wort, und da ihm nichts Besseres einfiel, sagte er: »Hast du aber schön gemacht, danke!« Das heißt, eigentlich sagte er nicht »Hast du...«, sondern »-ast du...« Bei manchen geläufigen Wörtern, die mit *h* begannen, konnte man sogleich mit dem darauf folgenden Selbstlaut beginnen, und das Wort klang im Zusammenhang, als hätte man das *h* tatsächlich ausgesprochen.

»Hab ich doch gern gemacht für dich«, lächelte die Mutter.

Sie verschluckte das *h* nicht. Sie hatte andere Sorgen. Ob ihr Sohn nichts vergessen hatte – Schlafanzug, Waschzeug, Schuhcreme, Handtücher und natürlich das Nähzeug, falls mal an einem Hemd oder an einer Jacke ein Knopf lose wurde; daß er seinen Schrank und auch seinen Spind in der Arbeit immer gut absperren mußte, damit ihm nichts gestohlen wurde; ob er sich den Weg zur Arbeit auch gut gemerkt hatte, ob er denn genau wußte, wo er umsteigen mußte; daß er sich vor den wilden Jungen aus der Großstadt in acht nahm und nicht etwa zu rauchen begann; und daß er nur ja sofort seinen Wecker stellte, um am zweiten Tag nicht gleich zu verschlafen.

»Ich glaube, ich werde jetzt gehen«, sagte sie dann, »sonst versäume ich meinen Zug.«

Lukas begleitete seine Mutter bis zur S-Bahn-Station. Sie küßte ihn zum Abschied und umarmte ihn, und nach wiederholten Ratschlägen und Ermahnungen war es ihm, als würde sie ihn endlich loslassen. Sie stieg in die soeben eingefahrene S-Bahn, und Lukas blickte ihr nach, bis sie im Tunnel verschwand. Dann war er allein.

Es war ein seltsames Gefühl. Sechzehn Jahre mit Eltern und Geschwistern in einer kleinen Gemeinde auf dem Land gelebt, und plötzlich allein in der Großstadt. Jetzt würden andere Leute auf ihn zukommen, denen er gehorchen mußte, die ihm was zu sagen hatten, auf die er Rücksicht nehmen und mit denen er sich irgendwie arrangieren mußte. Bis jetzt war sein Leben überschaubar gewesen. Er hatte fast alle Ereignisse im voraus gewußt und seine Sprachgewohnheiten darauf einstellen können. Die Schule hatte seinen Ehrgeiz soweit gebremst, daß er mit seiner *unterdurchschnittlichen Mitarbeit* gut hatte leben können. Jetzt aber würde er anderweitig gefordert werden, ganztägig, und er hatte Gerüchte gehört. »Lehrjahre sind keine Herrenjahre« hatte sein Vater ihm am Vortag noch eingetrichtert. Das klang beinahe wie sein »Das tut's schon lang für dich!«. Er sollte also nicht nur alles auf sich zukommen, sondern auch alles über sich ergehen lassen. Hatte sein Vater das damit gemeint? Das hätte er sich sparen können. Lukas wußte, daß er niemals in der Lage sein würde, sich zur Wehr zu setzen, wenn ihm Unrecht geschah. Aber das war im Moment noch unwichtig. Wenn er nur Freunde finden könnte, die ihm ein bißchen zur Seite standen.

Freunde! Wie lieb und wichtig ihm doch seine Stammtischkameraden in Felswappen in der letzten Zeit geworden waren. Diese Zeit war nun vorbei, denn er würde seine Freunde nur noch am Wochenende sehen. Lukas wußte, daß er bald nicht mehr zu ihnen gehören würde. Und hier in der Großstadt gehörte er noch nirgendwo dazu. Dies war sein Dilemma, in welchem er sich im Augenblick befand. Panische Angst befiel ihn, die Angst, ein vorübergehendes Nichts zu sein, von dem alles mögliche erwartet wurde.

Mit diesem Gefühl fuhr er die Rolltreppe hoch und ging langsam die Straße in Richtung *Iban* entlang. So viele Geräusche, so viele Autos, so viele Häuser. Und so viele Menschen, die ihm entgegenkamen. Sie blickten an ihm vorbei. Dennoch fühlte er sich beobachtet. Da war er, Lukas, der Neue, frisch vom Land, und dort waren sie, die Großstadtmenschen, geschäftig, hektisch, als wären sie von Beruf *Mensch* in der Firma *Großstadt*. Ob er bald auch so herumlaufen würde?

Andererseits sahen diese Menschen nicht unbedingt unglücklich aus. War es vielleicht möglich, daß dieses Leben auch bestimmte Vorzüge zu bieten hatte? Erfahrungen, die man sich mit bloßem Zuhören und Beobachten aneignen konnte? Und vor allem: Freiheiten, die er zu Hause nicht hatte?

Lukas betrat den kleinen Laden. Eine alte Frau stand hinter der Theke und lächelte ihn an.

»Bitteschön der Herr, was hätten Sie denn gern?«

Sie sprach ihn mit *Sie* an! Das war ihm noch nie passiert. Gerade eben war er noch der kleine Junge gewesen.

»Eine P-P-Pack... eine C-C-Ca... ähm, 'ne..., ich glaube, ich... ich nehme eine M-M-Marl..., ach nein, besser ein... ähm...«

Schließlich entschied er sich für eine Sorte, die er einwandfrei aussprechen konnte. Die Verkäuferin merkte nichts von seiner Behinderung, selbst dann nicht, als er auf ihr »Wiedersehen« mit einem »Jawohl, bis dann« antwortete und eilig den Laden verließ. Zumin dest verriet ihr Gesichtsausdruck weder Erstaunen noch Belustigung.

Lukas rauchte seit einiger Zeit heimlich vor seinen Eltern. Gerade weil sie es ihm verboten hatten, waren Zigaretten für ihn interessant gewesen. Jetzt konnte es ihm keiner mehr verbieten, er war soeben sechzehn geworden und durfte in aller Öffentlichkeit rauchen. Zwar hätten jetzt auch seine Eltern nichts mehr dagegen sagen können. Und doch schob er dieses Eingeständnis ihnen gegenüber immer vor sich her. Er spürte, daß es hier weniger um das Verbot ging, sondern um die Enttäuschung, die seine Eltern empfunden hätten. Hier in der Großstadt war das anders. Wer auch immer ihn jetzt kennenlernte, der lernte ihn neu kennen und damit als Raucher.

Für Lukas hatte das Rauchen einen ganz besonderen Reiz: eine Sache, die nur ihn allein betraf, frei zu entscheiden und danach zu handeln, ohne auf gutgemeinte Ratschläge hören zu müssen. Später erst wurde ihm klar, daß in seiner Art, die neugewonnene Freiheit selbst zu gestalten, auch Trotz lag.

Vor dem Tabakladen zündete er sich die erste Zigarette an. Sie schmeckte wie eine aus den flachgedrückten Packungen, die er an einem verschwiegenen Platz in Felswappen regelmäßig aus der rechten Socke hervorgekramt hatte. Als er weiter in Richtung *Iban* ging, blickte er sich hin und wieder um. Aber weder Vater noch Mutter noch ein erhobener Zeigefinger waren zu sehen. Langsam gewöhnte er sich daran, sich daran gewöhnen zu müssen.

Mittlerweile waren auch die meisten der anderen Bewohner in der Wohngruppe 8 eingetroffen. Die Gruppe bestand aus etwa dreißig Jungen zwischen fünfzehn und siebzehn Jahren, die aus ganz Bayern kamen, um hier in München eine Lehre zu beginnen. Etwa ein Drittel von ihnen lernte im selben Fernmeldeamt wie Lukas den Beruf des Fernmeldehandwerkers. Die anderen wurden in den verschiedensten Betrieben zu Köchen, Elektroinstallateuren, Drehern, Feinwerktechnikern, Friseuren und Verkäufern ausgebildet. Dann gab es noch einen Gruppenhelfer namens Matthias. Er war Musikstudent und hatte durch seine Mithilfe im Gruppenalltag ein kostenloses Zimmer, welches sich ebenfalls im Bereich der Wohngruppe befand. Und natürlich hatte jede Gruppe ihren Gruppenleiter. Die Gruppe 8 war die einzige im ganzen Haus, in welcher eine Frau mit dieser Aufgabe betraut wurde. Sie hieß Bettina Mergenthaler, war etwa dreißig Jahre alt und mit dem Gruppenleiter der Gruppe 5 verlobt.

Die Räumlichkeiten waren in jeder Gruppe genau gleich angeordnet: ein langer Gang, der in der Mitte durch den Aufenthaltsraum zweigeteilt wurde. Neben dem Aufenthaltsraum, in den ein kleine Kochnische integriert war, befand sich das Fernsehzimmer. Auf beiden Ganghälften lagen jeweils sechs Zwei- und Dreibettzimmer, eine Dusche mit WC sowie im vorderen Bereich Schlafzimmer und Büro der Gruppenleitung und im hinteren Teil das Zimmer des Gruppenhelfers. Daneben befand sich ein kleiner Raum, in welchem man sich zu bestimmten Zeiten Getränke kaufen konnte.

Das Wohnheim besaß neben einer eigenen Heimkirche viele Sport- und Freizeiteinrichtungen, darunter ein Schwimmbad, eine Turnhalle sowie zwei Sportplätze. Das Abendessen wurde von jeder Gruppe zu einer bestimmten Zeit in einem der vier Speisesäle eingenommen, Frühstück dagegen gab es für jeden Heimbewohner zwischen fünf Uhr und acht Uhr morgens in einem der Speisesäle.

Lukas las diese Informationen auf einem Merkblatt, das am Schwarzen Brett im vorderen Teil des Ganges, gleich neben seinem Zimmer, hing. Schräg gegenüber lag das Büro der Gruppenleiterin. Die Tür stand offen, und er hörte Stimmen. Bettina sprach mit einem seiner zukünftigen Mitbewohner, der offenbar eben erst angekommen war.

»... Übrigens, ich bin die Bettina. Ich hab mir gedacht, daß es euch sicherlich recht ist, wenn ich *du* zu euch sage. Daher würde ich es ungerecht finden, wenn ihr *Sie* zu mir sagen müßtet. *Frau Mergenthaler!*« Sie lachte. »Klingt irgendwie hochtrabend. Und *Fräulein* finde ich noch schlimmer. Außerdem: Wer weiß, wie lange ich noch so heiße. Der Gruppenleiter der Gruppe 5, der Herr Schulze und ich, ach, was heißt *Herr Schulze*, der Hannes und ich...«

Dasselbe hatte sie auch zu ihm gesagt, als er sich bei ihr vorgestellt hatte. Sie war sehr freundlich zu ihm gewesen, und er fand sie sympathisch. Ihr lockeres Auftreten war sehr erfrischend, ebenso ihr Lachen. Sie war ganz anders, als er sich eine studierte Sozialpädagogin vorgestellt hatte. Am liebsten wäre er jetzt zu ihr hineingegangen und hätte sich auf einen der weichen Sessel gesetzt, um sich von ihr unterhalten zu lassen. Aber er konnte es nicht. Irgend etwas hielt ihn zurück. War es Mutters Rockzipfel, an dem er sich gerne seine feuchten Hände abgewischt hätte?

Auch aus dem Aufenthaltszimmer drangen Stimmen zu ihm.

Fremde Jungen, die sich einander bekannt machten; die sich eben erst kennenlernten. Und er stand am Schwarzen Brett und traute sich nicht mal in sein eigenes Zimmer, weil er Angst hatte, Bettina würde ihn sehen und irgend etwas zu ihm sagen.

Schließlich wagte er es und steckte leise den Schlüssel in das Türschloß. In dem Moment kam Bettina mit dem Neuankömmling aus ihrem Büro. Er trug einen großen Koffer in der Hand.

»Hallo Lukas«, rief Bettina, »das trifft sich gut. Darf ich dir Michael vorstellen? Ihr zwei werdet euch dieses Zimmer hier teilen.«

Sie machte die beiden miteinander bekannt. Die Jungen gaben sich die Hand, nickten sich zu und sagten »Hallo!« beziehungsweise »-allo!« Lukas sperrte das Zimmer auf und ging mit Michael hinein.

»Lukas«, sagte Bettina mit einem kurzen Blick auf die Gangtüre, »du bist so gut und zeigst ihm alles, ja? Ich glaube, da kommt schon wieder jemand.« Sie lächelte und zog die Tür hinter sich zu.

»Oh Mann, das kann ja was werden«, stöhnte Michael und stellte seinen Koffer ab. »Hab gar nicht gewußt, daß dieses Heim so groß ist. Hergefunden hab ich ja, aber in den Gängen hätte ich mich beinahe verlaufen.«

Er blickte sich im Zimmer um. Viel gab es nicht zu sehen. Ein großer, zweiteiliger Schrank gleich neben der Tür, gegenüber zwei Fenster mit Blick auf ein großes Wohnhaus; unter den Fenstern zwei quadratische Tische mit Plastikstühlen; an den anderen beiden Wänden jeweils ein Bett mit Nachttisch. Über jedem Bett war ein kleines Bücherregal befestigt.

»Das ist also dein Reich«, grinste Michael und nickte auf Lukas' Seite hinüber. »Sieht ja schon richtig wohnlich aus. Hausschuhe unterm Bett und ein Wecker auf dem Nachttisch. Fast wie zu Hause!«

»Mhm«, sagte Lukas. Jetzt war es an ihm, etwas zu erwidern. Doch er wußte nicht so recht, was und vor allem, wie. Nachdenklich setzte er sich und beobachtete Michael, wie er mit Schwung seinen Koffer auf das Bett warf und ihn öffnete.

»Ich nehme an, dies ist meine Hälfte«, sagte Michael, während er an den Schrank ging und die linke Tür öffnete. »Dachte ich's mir doch. Na, paßt ja allerhand rein.« Dann begann er, seine Kleidung einzuräumen.

Michael schien genausoalt wie er zu sein. Lukas fühlte sich ihm bereits unterlegen. Wie selbstbewußt er doch war und wie zielstrebig er im Zimmer hin- und hermarschierte. Als ob er jeden Schritt im voraus geplant hätte und nun mit Souveränität meisterte.

Lukas' Pläne waren einzig und allein auf seine Sprechweise konzentriert. Dabei wußte er nur zu gut, daß es ein sinnloses Unterfangen war, weil sich seine Sprache nicht exakt planen ließ. Michael schien genau zu wissen, was er als nächstes tun wollte. Er würde erst mal seinen Koffer auspacken, sich dann im Aufenthaltsraum umsehen, seine Gruppenkameraden begutachten, vielleicht ein nettes Schwätzchen mit Bettina einlegen oder sich mit den Örtlichkeiten vertraut machen. Dabei konnte er aufgrund seiner verbalen Freiheit auf jede Situation entsprechend reagieren und seinen nächsten Schritt spontan umplanen. Die Gewißheit um den Ausgang einer Situation war für ihn zweitrangig.

Lukas war immer auf der Suche nach einer Sicherheit, die über den Moment hinausging. Ohne diese Sicherheit lebte er wie auf einer Tischplatte, von der man immer und immer wieder einen kleinen Rand abschnitt, weil darauf ohnehin niemand sein Glas abstellen würde und dieser Rand eigentlich überflüssig war. Für Lukas jedoch bedeutete er einen unschätzbaren Freiraum; er konnte immer nur den allernächsten Schritt planen, beispielsweise den Schritt in den Gang hinaus. Den weiteren Verlauf seiner Handlungen bestimmte die Reaktion desjenigen, dem er auf dem Gang begegnete.

Aber davon war er noch weit entfernt. Er saß hier auf seinem Bett und beobachtete seinen Zimmerkollegen beim Einräumen der Wäsche, während ihn Schreckensvisionen heimsuchten über das folgende Gespräch, auf das er sich so unsagbar freute, daß er sich wünschte, es würde sich vermeiden lassen.

Andererseits war die Situation nicht ungünstig. Michael war beschäftigt, und vielleicht würde er während des Gesprächs seine Tätigkeit nicht unterbrechen. Es war durchaus möglich, daß sein Blick auf alles andere gerichtet war, nur nicht auf Lukas' Augen. Denn dies war das Schlimmste für Lukas: wenn ihm jemand während des Stotterns in die Augen sah. Ganz gleich, wie dieser Blick ausfiel, ob verständnislos, besorgt, mitfühlend oder geringschätzend, Lukas' Unterbewußtsein wußte um den Mangel an persönlichem Selbstwertgefühl, den sein Sprachfehler in ihm bewirkte, und würde den Blick immer negativ deuten.

Natürlich war er sich darüber im klaren, daß ein Blick in die

Augen im allgemeinen sehr viel über den Charakter eines Menschen aussagte. Um dennoch einen ersten Eindruck von fremden Personen gewinnen zu können, kam ihm eine Entdeckung zugute, die er schon sehr früh gemacht hatte. Ihm war aufgefallen, daß Menschen mit ähnlichen Charakterzügen auch ähnliche Fingernägel besaßen. So hatte er sich im fotografischen Teil seines Gedächtnisses einen Vergleichskatalog angelegt, der sich fortan als ziemlich hilfreich erwies. Vielleicht war darin auch der Grund zu finden, weshalb er es nicht mochte, wenn Frauen sich die Nägel lackierten; er wurde das Gefühl nicht los, sie wollten etwas verbergen.

Michael hatte sehr selbstbewußte, gesunde Fingernägel, mit äußerst gleichförmigen Monden, ohne eine Spur von Vitaminmangel. Er schien sehr aufgeschlossen und kontaktfreudig und keineswegs oberflächlich zu sein, trieb vermutlich mehrere Sportarten und war gleichermaßen intelligent wie ehrgeizig. Wer ihn näher kannte, würde ihm vertrauen können.

»Du bist aber nicht sehr gesprächig«, sagte Michael und blickte kurz zu ihm hinüber, ohne seine Arbeit zu unterbrechen.

»Hm, ach, es geht«, antwortete Lukas; dann sagte er: »Wo-Wo-Woher k-k-kommst du eigentlich?« und war im nächsten Augenblick erstaunt über sich selbst.

Michael lächelte ihn einen Moment lang an, als wollte er sagen: »Ach so, deshalb.« Und doch war es ein aufmunterndes Lächeln, kein Auslachen.

»Aus Burgheim« , antwortete Michael. »Ein kleiner Ort in der Nähe von Neuburg an der Donau. Und du? – Nein, warte, laß mich raten! – Aus Felswappen!«

»Wo-Woher weißt du... Ach, Be-Bettina hat es dir erzählt, nicht wahr?«

»Stimmt. Ich hab bloß keine Ahnung, wo das liegt.«

»Na ja, so circa s-s-se..., so in etwa sechzig Kilometer östlich von hier.«

»Sechzig Kilometer nur?« rief Michael verblüfft. Er war mit dem Einräumen seiner Kleidung fertig und setzte sich auf sein Bett. »Warum pendelst du da nicht?«

»Die Zugverbindungen sind so schl-schl-schl..., äh, die sind sehr ungünstig. Ich m-muß ja schon um sieben Uhr anfangen. D-D-Das schaff ich aber nicht. Mi-Mit Umsteigen und so k-könnte ich erst um viertel nach in der Arbeit sein.«

»Wo arbeitest du denn?«

»Ach, bei der... bei der..., ähm, als Fernmeldehandwerker im F-Fern... im Fernmeldeamt 2.«

»Bei der Post?«

»Ja«, sagte Lukas dankbar.

Etwas Sonderbares war passiert. Michael hatte Lukas ein paar Mal während des Stotterns in die Augen gesehen. Als Lukas sich für einen Moment von ihm abwandte, änderte auch Michael seine Blickrichtung und sah sich im Zimmer um oder zum Fenster hinaus. Beinahe schien es, als würde Michael spüren, wie unangenehm Lukas sich fühlte, und hatte sich vorgenommen, ihm die Sache leichter zu machen.

»Und wo arbeitest du?« fragte Lukas.

»Als Feinwerktechniker bei Ruggele.«

»K-Kenn... -ab ich noch nie gehört.«

»Ein kleiner, grauer Flachbau hinterm Hauptbahnhof.«

»Aha.«

»Was machst du sonst so? Hobbymäßig, meine ich. Spielst du Fußball?«

»Nee. Bin t-t-total unsportlich. Hör mir lieber Kris Kristofferson an oder sch-schreib mir selbst einen Song.«

»Chris Christopherson?«

Lukas lachte. »Ja, ich weiß. K-Kennt kein Mensch.«

»Doch, warte. Hat der nicht in *Convoy* gespielt?«

»Ja, unter anderem. Aber hauptsächlich ist er der b-b-beste Song-writer, den es gibt.«

»Du bist also ein richtiger Fan von ihm?«

»K-Kann man so sagen, ja.«

»Und warum hängen dann noch keine Bilder von ihm an der Wand?«

»Bilder?«

»Tja, also ich für meinen Teil werde die Bude jetzt mal ein bißchen wohnlicher machen. Wenn du Lust hast, kannst du mir ja helfen.«

Michael klappte seinen Koffer auf und holte einen Stapel Poster hervor. Stolz entfaltete er eines, um es Lukas zu zeigen.

»Hier«, rief er, »FC Bayern! Mein Verein! Ich bin bei fast jedem

Spiel dabei. Mit meinen Freunden. Und hier: Kalle Rummenigge! Mein Favorit und absolutes Vorbild. Ich spiele nämlich auch, mußt du wissen. Bei mir zu Hause in Neuburg. Und hier...«

Lukas schüttelte ungläubig den Kopf und mußte lachen. »Und die willst du dir jetzt alle über dein Bett hängen?«

»Ja klar«, sagte Michael. »Das heißt: nein!« Enttäuscht ließ er sich aufs Bett fallen. »Ich hab die Reißnägel vergessen.«

»Wenn ich dir mit einer Rolle K-K-Klebstreifen helfen kann...«

Eine halbe Stunde später war beinahe jeder Flecken Wand über Michaels Bett mit Bildern und Urkunden beklebt. Auf dem Bücherregal standen zwei Pokale, die er mit seiner Fußballmannschaft gewonnen hatte.

»Sieht t-toll aus«, lobte Lukas und trat einen Schritt zurück, um die Wand im ganzen zu begutachten.

»Gigantisch«, strahlte Michael. »Weißt du was? Ich glaube, da haben wir uns heute abend ein kleines Bierchen verdient, was meinst du?«

Und Lukas grinste.

Nach dem Abendessen versammelten sich alle Gruppenmitglieder im Aufenthaltsraum, und Bettina eröffnete die erste Gruppenkonferenz. Sie wiederholte zunächst in freier Rede, was auf dem Merkblatt am Schwarzen Brett stand. Anschließend gab sie in wenigen Sätzen die Geschichte des *Ibans* wieder. Sie erzählte von Don Iban, einem katholischen Priester, der das Heim vor knapp hundert Jahren gegründet hatte, um verwahrloste Jugendliche von der Straße zu holen. Mittlerweile gab es Hunderte dieser Einrichtungen in weiten Teilen Europas.

Durch seinen Gründer und Namenspatron war das Haus sehr christlich geprägt. Es gab wöchentlich mehrere Veranstaltungen, die für alle verpflichtend waren. Dazu gehörte auch die Gruppenkonferenz, die jeden Montag um sieben Uhr abends stattfand. Jeden Donnerstag stand ein Gruppenabend auf dem Programm. Hier wurden alle möglichen Themen behandelt, von Liebe über Partnerschaft bis hin zu Krieg und Tod. Und wer über das Wochenende im Heim bleiben wollte, mußte den Gottesdienst in der Heimkirche besuchen.

Nach ihrer Einführung forderte Bettina alle Gruppenmitglieder auf, sich der Reihe nach vorzustellen. Lukas hatte das befürchtet. Er saß mittendrin. Einige Jungen waren vor ihm dran; er hörte weder, wie sie hießen, noch, woher sie kamen, sondern ging nur in Gedanken seinen Text durch.

Warum war er nur so nervös? Der Heimaufenthalt hatte doch ganz gut begonnen. Natürlich war es zu früh, Michael einen Freund zu nennen. Aber die beiden hatten sich auf Anhieb verstanden, und dies war weit mehr, als Lukas erhofft hatte. Auch beim Abendessen waren sie beisammengesessen und hatten sich nett unterhalten. Dabei erwies sich Michaels Ausstrahlung als äußerst positiv. Die vier anderen Jungen, die an ihrem Tisch mitaßen, wurden von ihm sogleich in das Gespräch miteinbezogen. Keinem der vier hatte Lukas dabei ein ungutes Gefühl anmerken können.

Ich heiße Lukas Blessing und komme aus Felswappen, das liegt etwa sechzig Kilometer östlich von München!

Warum konnte er das nicht aussprechen? Genau so, wie er es sich in Gedanken immer und immer wieder vorsagte. Oder war dies der Fehler? Sollte er es auf sich zukommen lassen? Einen Hänger riskieren? Ausprobieren, wie sie darauf reagierten? Würden sie ihn auslachen? Würde Michael ihn verteidigen? Sie wollten doch zusammen ein Bier trinken.

9. Kapitel

Tage, an Bitterkeit nicht zu überbieten,
vom Leben ignoriert

Lukas trank einen Schluck. Der Kaffee war längst kalt geworden. Er ging mit der Kanne in die Küche, um neuen aufzusetzen. Es war drei Uhr vorbei. Zweieinhalb Stunden hatte er bereits mit angestrengtem Denken verbracht. Sie erschienen ihm wenig, gemessen an dem, was er über sich herausgefunden hatte.

Grizzly, sein Hamster, war wach und drehte im Laufrad seine Runden. Lukas trat nah an den Käfig heran, und der Nager hielt im Laufen inne.

»Na, Grizzly«, sagte Lukas sanft und lächelte dabei, »gefällt dir dein neues Zuhause? Nein, jetzt gibt's nichts zu fressen, du hast noch genug unter der Watte in deinem Häuschen vergraben.«

Seltsam, wie einfach es war, diese Worte auszusprechen. Wenn er daran dachte, wie lange er gebraucht hatte, um den neuen Drei-Etagen-Käfig zu kaufen, überkam ihn wieder diese Wut. Die Wut auf sich selbst und seine Unfähigkeit in banalen Dingen.

Vor einer Woche war es gewesen. Er hatte sich in dem einzigen Zooladen, den er in der Innenstadt kannte, umgesehen. Dort erschienen ihm die Preise für Hamsterkäfige als verhältnismäßig hoch. So ging er in eines der großen Kaufhäuser und irrte durch sämtliche Etagen. *Zooabteilung* war auf keinem der Wegweiser zu lesen, und doch glaubte er sich zu erinnern, in diesem Kaufhaus vor nicht allzulanger Zeit einige Hamsterkäfige entdeckt zu haben.

Er versuchte, die Menschen zu übersehen und zu überhören, die an jeder Ecke einen der Verkäufer mit ihren endlosen Fragen bedrängten. Und doch klangen vereinzelte Sätze in ihm nach. Je mehr er sich darüber bewußt wurde, daß diese Möglichkeit für ihn nicht in Frage kam, um so lauter wurden die Stimmen um ihn herum.

»Haben Sie dieses Kleid hier auch in Gelb mit grünen Tupfen und weißen Streifen und eine Nummer kleiner?«

Mann, wie viele stotterbaren Wörter!

»Wo sind denn hier Gartenmöbel? Ich suche einen Liegestuhl.«

Willkommen im Paradies für Verbalmasochisten!

Verdammt, ich brauch kein Kleid, und ich brauch auch keinen Liege-

stuhl! Ich such hier schon seit einer halben Stunde nach so 'nem dämlichen Hamsterkäfig, und langsam verliere ich echt die Geduld mit euch Schwachköpfen!

Lukas blieb wie immer nur das Denken, das Selbstsuchen und die Verläßlichkeit auf seine Augen. Wie hieß dieser Spruch gleich wieder: *Wer zu spät kommt, den bestraft das Leben!* Aber wer behindert war, den ignorierte es. Oder es lachte ihn aus.

So wie Rüdiger, einer der Jungen aus seiner Stammtisch-Gruppe in Felswappen. Lukas mochte ihn nie besonders. Vor über zehn Jahren hatten sie sich hin und wieder bei Werner versammelt, um gemeinsam einen Videofilm anzusehen. Nie würde er den Abend vergessen, als sie *Einer flog über das Kuckucksnest* sahen. In einer Nebenrolle kam ein Junge namens Billy Bibbit darin vor, ein Stotterer, der für einen Satz mitunter eine halbe Minute brauchte. Jack Nicholson spielte die Hauptrolle, und in einer Szene des Films sagte er: »Geh weg, Billy, du verbrauchst meine Luft. Du weißt, was ich meine.« Schlimmer noch als die Anklage, die in diesem Satz steckte, war für Lukas die Reaktion seiner Freunde gewesen. Billy stotterte zwar um einiges mehr als Lukas, und der Autor der Romanvorlage hatte es ihm obendrein noch schwerer gemacht, indem er seinen Vor- und Zunamen mit einem *b* beginnen ließ. Tatsache war jedoch, daß beide einen Sprachfehler hatten, gleichgültig, wie ausgeprägt er sein mochte. Wußten seine Freunde nicht, was sie ihm mit ihrem Lachen antaten, welches Gefühl sie ihm gaben, wann immer Billy zu sehen war? Alle hatten sie gelacht, alle außer Werner, der in seiner Art nachdenklicher war als der Rest der Clique.

Lukas haßte diese Szenen, er haßte es, vor seinen Freunden vorgeführt zu werden, ohne daß es ihnen bewußt war. Besonders Rüdiger grölte jedesmal laut auf, wenn Billy ins Bild kam, und klopfte sich vor Freude über seine vermeintliche Überlegenheit auf die Schenkel. Mit ein wenig Einfühlungsvermögen hätte er bereits aus Billys Körperhaltung einiges lernen können.

Oder war es einfach nur Dummheit, Albernheit, Primitivität ohne irgendwelche bösen Absichten? Ließ Rüdiger sich einfach nur gehen, um nicht übergangen zu werden? Hatte Lukas überhaupt ein Recht, ihn zu verurteilen? Wer garantierte ihm denn, daß er ohne seinen Sprachfehler nicht auch zu einem Rüdiger geworden wäre?

Andererseits traf er immer wieder auf Menschen, die es einfach besser wissen mußten, wie sie auf ihn hätten zugehen sollen. Eine Begebenheit fiel ihm ein, die sich vor knapp einem Jahr ereignet hatte. Es gab ein Buch von William Blake, dem Lieblingsdichter von Kris Kristofferson, welches ihn sehr interessierte. Es hieß *Die Hochzeit von Himmel und Hölle*, und Lukas hatte in einem Dutzend Läden danach gesucht, doch nirgendwo war es vorrätig gewesen. Eines Tages, als er sich kräftig genug dafür fühlte, ging er in eine Buchhandlung, um es zu bestellen. Er begab sich an den Informationsstand, der gerade nicht besetzt war, und blätterte in den dicken Bestellkatalogen. Das Buch war aufgeführt, und er ließ die Katalogseite aufgeschlagen. Somit mußte er weder Titel noch Autor nennen, sondern konnte gezielt seinen Zeigefinger einsetzen.

Er suchte nach einer Verkäuferin und winkte sie zu sich. Sie schien ziemlich jung zu sein und daher unerfahrener als ihr älterer Kollege an der Kasse. Und doch erwartete er gerade deshalb eine modernere Ausbildung von ihr, die auch psychologische und pädagogische Aspekte berücksichtigte.

»Ich hätte gern«, sprach er sie an, und da sie ihm in die Augen blickte, verkürzte er seinen gedanklich bereits festgelegten Satz und fuhr fort: »... ein Buch bestellt.«

Stilistisch betrachtet kam ihm seine Ausdrucksweise zwar ein wenig unbeholfen vor, aber immerhin hatte er ihr zu verstehen gegeben, was er wollte. Die Verkäuferin zog einen Bestellschein hervor.

»Welches Buch soll es denn sein?« fragte sie.

Lukas zeigte ihr seinen Wunsch mit dem Finger im Katalog. Und es schien zu funktionieren. Ohne daß er ein Wort gesprochen hatte, schrieb sie Autor und Titel auf den Bestellschein. Lukas glaubte, die Angelegenheit wäre damit erledigt.

»Und auf welchen Namen soll ich das Buch bestellen?« fragte die Verkäuferin.

Lukas stockte. Die Verkäuferin hielt den Kugelschreiber in der Hand, und der Minenkopf baumelte über der Spalte *Kunde*. Noch blickte sie auf den Zettel, und als Lukas mit »B-B-« ansetzen wollte, sah sie ihm ins Gesicht. Alles drehte sich, er blickte zu Boden, blickte wieder zu ihr hin, blickte auf den Bestellschein und hakte vor Anspannung seine Mittelfinger über die Zeigefinger, bis sie zu brechen drohten.

»B-Bl-Bl... äh, Bl-Bl..., ähm, meine Name ist B-B-Bl...«

Ihre Augen! Diese unglaublich großen Augen, die ihn einen Zurückgebliebenen nannten und zum Verlassen des Raumes aufforderten. Und dieser unbarmherzige Kugelschreiber, der ungeduldig zwischen ihren Fingern zuckte und am liebsten *Dummkopf* geschrieben hätte; dessen Mine zu einem Dolch wurde, während sie ihn weiterhin anstarrte, als hätte sie einen Idioten vor sich.

»B-Bl-Bl..., ähm«, stammelte der Idiot, »B-B-B..., ähm, auf den Namen B-Blessing, bitte, Lukas Blessing!«

Endlich war es heraus, der Dolch konnte seine Arbeit verrichten, und Lukas' Finger entkrampften sich. Er mußte etwas sagen, etwas ergänzen, was den üblen Beigeschmack des vorigen Satzes von seinen Lippen nahm, und so sagte er, ohne zu überlegen: »Meine Adresse, brauchen Sie die auch?«

Die Verkäuferin blickte ihn gelangweilt an und sagte: »Wenn Sie sie noch wissen: ja!«

Er hätte schreien wollen, hätte sie bloßstellen und vor allen Leuten niedermachen wollen. Aber seine Möglichkeiten waren begrenzt, und so nannte er ihr seine Adresse und schlich sich aus dem Laden. Hin und wieder gab es Tage, die an Bitterkeit nicht zu überbieten waren. Und es gab Tage, an denen man gar nicht so gut planen konnte, wie es am Ende lief.

»Ja, also, ich bin der Lukas, ähm, und ich... ich k-k-komme aus Felswappen und arbeite das gleiche wie er.« Dabei blickte er auf Günter, der vor ihm gesprochen hatte.

Keiner lachte, keiner sah ihn erstaunt an, und Bettina sagte: »Ah, noch ein Postler!« Dann wandte sie sich dem nächsten Jungen zu.

Michael blickte lächelnd zu ihm hinüber. »Wir werden heute noch ein Bierchen trinken«, sollte das heißen, und Lukas nickte lächelnd zurück.

Der Kaffee war durchgelaufen. Halb vier Uhr morgens. Aber die Nacht war lang, und er hatte Urlaub. Schlafen war ohnehin das letzte, woran er jetzt denken wollte. Es gab noch mehr auf- und abzuarbeiten. Lukas war noch lange nicht fertig.

10. Kapitel

Ein neuer Song in der Abgeschiedenheit
einer unausgesprochenen Kameradschaft

Je mehr er von seinem ersten Tag in der Ausbildungsstätte und vor allem im *Iban* noch wußte, um so weniger wollte ihm von den darauffolgenden Tagen einfallen. Er war zu vielen neuen Eindrücken zur selben Zeit ausgesetzt gewesen, und vielleicht war der Gesamteindruck dessen die Quintessenz seiner Veränderungen vom Land- zum Stadtmenschen.

Da war der Stammtisch in Felswappen, den er mit einigen Freunden gegründet hatte; Freunde, die er teilweise noch aus der Grundschule kannte. Als sie dann die Realschule besuchten, war Lukas der einzige aus seiner Klasse. Die anderen hatten sich alle für den technisch-mathematischen Zweig entschieden und gingen in die Parallelklasse. Aber sie sahen sich während der Woche oft genug in den Pausen auf dem Schulhof. Mit Beginn der 10. Klasse trafen sie sich jeden Freitagabend im Gasthaus Schramm. Werner war zu jener Zeit sein bester Freund, und mit ihm blieb er meist bis zur Sperrstunde, als die anderen längst gegangen waren.

Der Stammtisch war zur festen Einrichtung geworden und blieb auch weiterhin bestehen, nachdem ein jeder seine Ausbildung begonnen hatte. Lukas jedoch war der einzige, der während der Woche nicht mehr in Felswappen lebte. Alle seine Freunde hatten Lehrstellen in der Umgebung bekommen und konnten jeden Abend nach Hause fahren. Somit war es ihnen möglich, sich auch werktags spontan in einer Kneipe zu treffen. Lukas fühlte sich mit der Zeit mehr und mehr ausgegrenzt. Er spürte, daß er nicht mehr alles mitbekam, worüber an den Freitagabenden gesprochen wurde.

Bald begann eine Veränderung in ihm. Anfangs hatte er seine Freunde vermißt und war manchmal betrübt zu Bett gegangen, während er sie in Gedanken gesellig beisammensitzen sah. Allmählich erkannte er, daß es unter den neuen Gesichtern in seiner Wohngruppe bereits einige vertrautere gab, die nur darauf warteten, Freundschaft zu schließen.

Da war natürlich Michael. Beinahe jeden Abend, soweit nicht gerade ein Fußballspiel im Fernsehen übertragen wurde, lief er gegen neun Uhr den Gang entlang und klopfte übertrieben laut an die eigene Zimmertür.

»Ja?« sagte Lukas anfangs, und später dann nur noch belustigt: »Ja, ich komm gleich!«

Schwungvoll öffnete Michael die Tür und blieb breitbeinig auf der Schwelle stehen. »Meister Blessing, wie sieht's aus?« fragte er in gespieltem Ernst.

»Geht so«, sagte Lukas, ohne sich umzudrehen. »Fünf Minuten noch, dann komme ich.«

Michael trat ein, und wie immer saß Lukas über einem Blatt Papier. Er hatte seinen Tisch ein wenig nach vorne gerückt, um in den Nachdenkpausen bequem auf die Plattencover seiner Kristofferson-LPs blicken zu können, die an der Wand über dem Bett hingen.

»Schon wieder ein neuer Song?« fragte Michael und schüttelte lächelnd den Kopf, während er ihm über die Schulter blickte.

»N-N-Nur noch die eine Strophe. Ich hab's gleich. Hol schon mal das Bier. – M-Mo-Moment, warte, heute bin ich mit dem B-Bezahlen dran.«

Lukas wollte nach seiner Geldbörse greifen, doch Michael drehte sich um und sagte im Hinausgehen: »Vergiß die Kippen nicht!«

Zehn Minuten später saßen sie im Aufenthaltsraum, rauchten und tranken Bier. Und mit der Zeit gesellten sich auch andere Jungen dazu.

Günter zum Beispiel, der für sein Leben gerne Kaffee trank. Er war der jüngste in der Gruppe und kam aus Mühldorf. Seine Eltern betrieben einen kleinen Laden für Elektrogeräte. Dort hatte er eine billige Kaffeemaschine *abgestaubt,* wie er es nannte. Jetzt stand sie auf der Anrichte neben der Kochnische.

»Gehst du nicht in den Speisesaal zum Frühstücken?« fragte Michael.

»Gott bewahre!« stöhnte Günter. »All die müden Gesichter in Allerherrgottsfrühe. Nee, danke. Außerdem finde ich den Speisesaal ziemlich unpersönlich. Da ist es hier viel gemütlicher.«

»Da hast du allerdings recht«, sagte Lukas.

»Wie sieht's aus«, fuhr Michael fort, »kann man das Ding mitbenutzen? Ich spendiere auch die erste Dose Kaffee!«

»Klar, warum nicht«, antwortete Günter. »Dann sind wir schon zu dritt. Richard ist auch dabei.« Richard war Günters Zimmerkollege, der wie er und Lukas bei der Post arbeitete.

»Ich besorge auch eine Dose Kaffee und eine Packung Kekse obendrein«, rief Lukas und fügte hinzu: »D-D-Das heißt, wenn ich auch eingeladen bin.«

»Nein, du bist natürlich nicht eingeladen«, sagte Günter und verzog den Mund. Dann lachte er und zeigte mit dem Finger auf Michael. »Ernsthaft: Wenn ich mich dazu bereit erkläre, sein Gesicht am frühen Morgen zu ertragen, warum dann nicht auch deines?«

Michael boxte ihn freundschaftlich in die Seite. »Hör dir dieses Milchgesicht an«, sagte er. »Ist der Kleinste weit und breit, und dann so ein freches Mundwerk!«

Sie lachten und prosteten sich wieder zu.

Bettina kam herein und blickte auf die Uhr. »Meine Herren, es ist kurz vor zehn. Denkt langsam ans Aufhören, ja?«

Eine Viertelstunde später lagen alle in ihren Betten. Lukas und Michael unterhielten sich meist noch eine Weile, bevor sie ans Einschlafen dachten. Lukas erzählte von seinen Kurzgeschichten und Songs, die er schon geschrieben hatte, und wie wichtig das Schreiben für ihn war; hin und wieder sprach er von seinem Stammtisch in Felswappen, von seinen alten Freunden, die er immer seltener sah; vom Alleinsein, seiner inneren Einsamkeit; und von Kris Kristofferson, der mehr für ihn war als nur eine vorübergehende Leidenschaft.

Wenngleich Michael seine Vorlieben nicht teilen konnte und sich mehr für Sport begeisterte oder an dem orientierte, was im Radio lief, hörte er ihm doch aufmerksam zu. Später erzählte er von den Erfolgen seiner Fußballmannschaft, von seinen Freunden in Burgheim und Neuburg, ihren Disco-Besuchen am Wochenende und von den Mädchen, die man dort treffen konnte. Seit den letzten Ferien, kurz bevor er seine Lehre begonnen hatte, war er mit einem dieser Mädchen fest befreundet. Sie hieß Karin, und wenn er von ihr sprach, wurde seine Stimme manchmal brüchig und gedämpft. Lukas spürte, daß Michael sie während der wöchentlichen Trennungen mehr vermißte, als er es zugeben wollte.

Diese und ähnliche Themen waren es, über die sie sich beinahe jeden Abend unterhielten. Die Lampen hatten sie längst ausgeknipst. Bettina und Matthias gingen manchmal spätabends durch die Gänge, um anhand der kleinen Milchglasscheiben über den Türen zu sehen, ob in einem der Zimmer noch Licht brannte.

Und genau die Dunkelheit war es, die ihren Gesprächen einen zusätzlichen Schimmer von Vertrautheit gab. In diesen Augenblicken war es ihnen bewußt, wie sehr sie sich bereits aneinander gewöhnt hatten, mehr noch, wie freundschaftlich einer den anderen behandelte. Nur ein Thema gab es, über das sie nie miteinander sprachen. Aber Lukas fühlte, wie Michael darüber dachte. Dieses Gefühl brachte es mit sich, daß Lukas' Sprachfehler in der Abgeschiedenheit ihrer unausgesprochenen Kameradschaft immer mehr an Bedeutung verlor.

Sein tägliches Stotterpensum war dadurch nicht weniger geworden. Frühmorgens, vor dem Frühstück, das mittlerweile aus schwarzem Kaffee, zwei Zigaretten und hin und wieder einem Kater bestand, fühlte er bereits die Angst in sich; diese Angst, die mit jedem Tag größer wurde. Und er begann zu verstehen, was der Ausdruck *Tretmühle* wirklich bedeutete.

11. Kapitel

Ein weiterer Schritt
auf dem beschwerlichen Umweg,
mit zitternden Fingern auf tiefen Wunden

War es nur Einbildung? Oder mieden sie ihn von Anfang an? Er war bereits seit mehreren Wochen in der Lehre und wußte von seinen Kollegen nicht viel mehr als ihre Namen. Darüber hinaus hatte er den Eindruck, als kannten sie sich ihrerseits schon jahrelang und würden ihn in den Pausen nur deshalb an ihrem Tisch sitzen lassen, weil er zufällig in ihrer Gruppe war, nicht aber, weil er dazugehörte.

Erinnerungen wurden in ihm wach, und doch wollte es ihm nicht gelingen, sie logisch zu ordnen. Er wußte, die drei Lehrjahre bei der Post waren, im Zusammenhang gesehen, die schlimmste Zeit seines Lebens gewesen; wohlgemerkt: die Jahre bei der *Post*. Hätte er nicht zur selben Zeit den psychologisch unschätzbaren Ausgleich im *Iban* gehabt, Michael, Günter, Richard, all seine Freunde von der Weiß-bierrunde, die Gruppenabende und das Gefühl der Geborgenheit, der Anerkennung – Lukas wäre mit Sicherheit unter die Räder einer U-Bahn gekommen. War dies die Sicherheit, die sein Vater gemeint hatte?

Was war damals so furchtbar für ihn gewesen? Fiel ihm die Erinnerung daran deshalb so schwer, weil *Iban* und Post zur selben Zeit begonnen hatten, sein Leben zu prägen? Das *Iban* hatte ihn positiv beeinflußt, und er zehrte noch heute davon. Ohne große Anstrengungen hätte er Dutzende von Begebenheiten erzählen können, die für sein weiteres Leben wichtig gewesen waren. Die Post allerdings betrachtete er nur noch als einen langwierigen Fehler, an den er nicht gerne denken wollte. Manchmal sprach er von *traumatischen Erlebnissen, die sich im Laufe der Jahre verklärt* hätten. Machte er sich da nicht irgend etwas vor und den Anders- oder vielmehr Nichtdenkenden etwas nach? Wollte er nur die schöne Zeit im *Iban* in Erinnerung behalten, gewinnbringend angelegt an der Börse der Weisheit, und die Post als Fehler abtun, verdrängt und unaufgearbeitet?

Lukas trank die Tasse leer und sprang auf. Uneins mit sich selbst, ging er im Wohnzimmer hin und her. Er mußte es schaffen, möglichst viele Eindrücke von damals lebendig werden zu lassen. Das war sein Auftrag an sich selbst, und er durfte nicht müde werden, daran zu arbeiten. Er setzte sich wieder und goß sich Kaffee nach.

Im Grunde genommen waren die Jahre ähnlich verlaufen wie vorher in der Realschule. Nur mit gravierenderem Hintergrund. In der Realschule waren seine damaligen Wissenslücken sekundär, da sie nicht in allen Fächern auftraten. Außerdem wurde der jeweilige Lehrstoff in kürzerer Zeit abgeschlossen und war für spätere Prüfungen nicht mehr unbedingt relevant. Man konnte durchaus in der neunten Klasse über den Dreißigjährigen Krieg oder den Prager Fenstersturz Bescheid wissen, ohne zwei Jahre vorher die Zusammenhänge zwischen Byzantinern und Etruskern – wenn es denn welche gab – verstanden zu haben.

Bei seiner Ausbildung zum Fernmeldehandwerker konnten Wissenslücken verheerend sein, weil es erstens nicht so viele verschiedene Fächer gab und zum anderen jeder Ausbildungsabschnitt auf den vorhergehenden aufbaute. Wer im ersten Lehrjahr die grundlegenden Erläuterungen über elektrische Widerstände, Kapazitäten oder stromlaufspezifische Eigenheiten nicht begriffen hatte, dem war ein beschwerlicher Weg vorgezeichnet. Lukas hatte auch hier sehr früh seine ersten Erfahrungen mit Wissenslücken gemacht. Von da an ging er nur noch mit Widerstand an seine Aufgaben heran.

Es gab ein paar Kollegen in seiner Ausbildungseinheit, die ganz in Ordnung waren. Hin und wieder fand der eine oder der andere die Zeit, Lukas bei einer Aufgabe zu helfen. Aber sie taten es widerwillig, da sie unter dem Zwang derjenigen standen, die in ihrer Einheit das Sagen hatten. Das waren nur einige wenige, die um so selbstbewußter und vorlauter auftraten. Sie waren die ältesten der Einheit und genossen es, wenn sich die anderen in den Pausen um sie scharten und ihren Witzen und Sprüchen zuhörten. Lukas hatte bald gelernt, das Spiel der Hierarchie mitzumachen und ebenso über ihre Derbheiten zu lachen, obwohl ihm nicht nach Lachen zumute war.

Er war traurig, daß sich keiner seiner Mitbewohner aus dem *Iban* unter seinen Kollegen befand. Die Ausbildungseinheiten bei der Post waren alphabetisch nach Zunamen eingeteilt, und zwischen den Buchstaben *a* und *e* war er der einzige Fernmeldehandwerker in seiner Einheit, der auch im *Iban* untergebracht war. Manchmal boten sich Günter und Richard an, abends im Aufenthaltsraum mit ihm zu lernen. Lukas spürte bald, daß es bereits zu spät war. Er wußte, daß er keine Chance hatte, selbst seine mittelmäßigen Kollegen noch einzuholen. Mit viel Glück würde er vielleicht seinen Abschluß schaffen. Aber sicher nicht mit Freude.

Warum hatte er bereits so früh aufgegeben und sich die Last auferlegt, den Rest seiner Lehrzeit als Leidender hinter sich bringen zu müssen? Waren es seine Selbstzweifel, sein verkümmertes Selbstbewußtsein? Oder war es ein inneres Aufbegehren gegen all die sinnlosen Zwänge; ein langer, stummer Aufschrei, den aufgrund seiner eingeschränkten Ausdrucksmöglichkeiten niemand wahrnahm?

Er erinnerte sich an jenen Tag, als er von der Schule heimkam und sein Vater zu ihm sagte: »Da ist ein Brief von der Post für dich gekommen!« Und während er ihm das Schreiben reichte, fügte er hinzu: »Du hast den Eignungstest bestanden und kannst im September anfangen.«

»D-D-Du hast ihn ja schon aufgemacht«, rief Lukas und bemühte sich um Empörung in seiner Stimme.

»Na und?« entgegnete der Vater. »Tu doch nicht so, als ob mich das nichts angehen würde!«

Lukas erwiderte nichts. Er überflog den Brief und dachte an die anderen drei oder vier Firmen, bei denen er sich ebenfalls beworben hatte. Dann steckte er den Briefbogen wieder in das Kuvert.

»Mhm«, sagte er unentschlossen. »Ich..., ich glaube, ich..., ich w-w-warte erst mal auf die Ergebnisse der anderen P-P-Pr..., der anderen T-T-Tests.«

»Lukas!« rief der Vater und wünschte sich wohl, sein Sohn würde ebensoviel Ehrfurcht vor ihm aufbringen, wie er für Vater Staat empfand. Um die Furcht mußte er keine Angst haben, die hatte er beizeiten in Lukas gesät. Es bedurfte nur weniger Worte, im Grunde brauchte er nur einen Satz, irgendwas mit *untersteh dich!*, im richtigen Tonfall ausgespuckt, und Lukas verwarf seine Pläne und begann im September die Ausbildung bei der Post.

Hing die ablehnende Haltung gegenüber seiner Lehre mit der Wut auf seinen Vater zusammen, der Lukas' eigene Wünsche und Vorstellungen so gut zu ignorieren wußte wie kein anderer? War es ihm trotz *Iban* nicht gelungen, sich auch gedanklich von seinem Vater zu befreien? Hätte er sich nicht sagen können: »Nun gut, ich mach die Lehre und seh zu, daß ich sie einigermaßen hinter mich bringe, dann sehen wir weiter.«?

Lukas kannte die Antwort. Die einzige Fluchtmöglichkeit, die er je besessen hatte, war das Schreiben gewesen. Und je mehr Druck er auf sich und sein Leben verspürte, desto mehr berauschte er sich an der Idee, diesen Druck an einen Bogen Papier weiterzugeben, um sich davon zu befreien. So kam es, daß er es zu Beginn seiner Lehrzeit an manchen Abenden auf bis zu fünf Lieder brachte.

Jetzt erschien es ihm wie ein Wunder, daß er diesen Druck überhaupt ausgehalten hatte. Mit einem Mal wurde ihm bewußt, daß er ihn dreifach zu spüren bekommen hatte.

Da war zum einen sein Sprachproblem, durch welches, wie in besten Realschulzeiten, jede noch so vage Vorstellung einer Freude am Lernen von Anfang an zunichte gemacht wurde. Er flüchtete sich ins Schreiben, und als er mit seinen Liedern erste Erfolge bei seinen Freunden im *Iban* verbuchen konnte, wurde ihm die Tragik der verfehlten Ausbildung doppelt bewußt. Fortan war jede Stunde, die er in der Lehrstätte verbrachte, verlorene Zeit für ihn; Zeit, die er so gerne für seine Lieder genutzt hätte; Zeit für jene Tätigkeit, die er als seine wahre Berufung ansah. Zum dritten schwebte über all der Bitterkeit der ungebändigte Geist seines Vaters, der ihn an den Wochenenden stets ermahnte, wie wichtig die Ausbildung sei und wie unnütz seine schriftstellerischen Flausen. Lukas hörte sie oft, die Stimme seines Vaters. Selbst wenn er nicht an ihn dachte, drang sie manchmal an sein Ohr, wie aus einem Nichts kommend, ein Nichts hinterlassend, während Lukas sich wunderte, wie schwer ein Nichts werden konnte, wenn es einem so verbissen im Nacken saß.

Was machst du denn um diese Zeit noch auf? Sieh zu, daß du ins Bett kommst! Es ist schon nach zehn. Was schreibst du denn schon wieder? Immer mußt du Papier verschwenden! Als ob du nicht genug zu lernen hättest. Sieh lieber in deine Bücher, ist viel vernünftiger... Der hört einfach nicht! Lukas! Ich hab gesagt, du sollst das Licht ausmachen...

Und plötzlich wurde es ihm bewußt, daß es diese Stimme noch gab, daß er sich selbst mit dreißig Jahren noch nicht aus den fordernden Fängen seines Vaters befreit hatte. Banale Situationen fielen ihm ein, in denen er sich immer noch in den eingefahrenen und ihn einengenden Handlungsmustern seiner Kindheit bewegte.

Aufgrund seines Sprachfehlers vermied er, soweit es ging, jeden Kontakt mit den übrigen Bewohnern seines Mietshauses. Im Appartement über ihm wohnte ein älteres Ehepaar, dem er hin und wieder im Treppenhaus begegnete und das er ganz nett fand. Zumindest tagsüber. Abends ereilten ihn hin und wieder seltsame Vorstellungen darüber, was sie bei gegebenem Anlaß von ihm denken mochten. Das führte mitunter so weit, daß er auf Zehenspitzen durch seine Wohnung schlich, um nicht durch Ruhestörung unangenehm aufzufallen.

Luise, schläfst du schon?

Nein, ich kann nicht.

Dieser Blessing schon wieder! Was bildet der sich überhaupt ein? Sieh nur, es ist schon nach zwölf. Weiß der nicht, wann es Zeit fürs Bett ist? Wenn das morgen--- Da, jetzt geht er ins Bad. Hörst du's? Das ist der Wasserhahn!

Ich glaub, das ist die Spülung!

Na, der kann was erleben, wenn er mir morgen über den Weg läuft...

Waren die Wunden immer noch nicht verheilt? Nach dreißig Jahren? Hörte er immer noch seinen Vater rufen: »Was machst du denn schon wieder?« und wagte es nicht, am Abend die Jalousien herunterzulassen? Wie tief mußten die Wunden damals erst gewesen sein! Warum tat er sich das an? Feierte man so seinen dreißigsten Geburtstag?

Andererseits: Was war eine weitere Nacht voll Schmerzen im Vergleich zu all den anderen, die er erlitten hatte? Immer war er mit Körper, Geist und Gefühl daran beteiligt gewesen. Konnte es seinen Gedanken schaden, wenn er sie noch einmal mit auf die Reise der Verarbeitung nehmen würde? Nein, ganz im Gegenteil. Und so versetzte er sich erneut in die Zeit des inneren Aufbegehrens und hörte die Stimme des Vaters, die ihn ermahnte, endlich das Licht auszumachen.

Anfangs schwankte er damals noch zwischen Wut und Angst, doch allmählich teilten sich seine Gefühle auf; während der Woche verspürte er eine ungeheure Wut in sich, und am Wochenende hatte er verstärkt Angst. Natürlich war die Angst auch weiterhin an Werktagen vorhanden, nur änderte sie dabei ihre Bezugspersonen. Frühmorgens beschlich sie ihn bereits und drängte sich in sein Leben, während er seinen Kaffee trank und sich mit zitternden Fingern eine Zigarette drehte.

Seltsam, daß er dieses Bild seinem Vater stets vorenthalten hatte. Vielleicht hätten sie sich besser verstanden, vielleicht mehr miteinander gesprochen. Das war das Hauptproblem zwischen Lukas und seinem Vater: die individuelle Unfähigkeit zu einem Vater-Sohn-Gespräch. Sie hatten Worte gewechselt, banale Dinge von sich gegeben wie »Was kommt denn heute im Fernsehen?« oder »Gib mir mal die Butter!«, »Beeil dich, ich muß auch mal!« und »Wo warst du denn so lange?«. Tiefsinnige Gespräche hatten sie nie geführt. Bei Problemen kratzte jeder nur an der Oberfläche des anderen, und weil die eigene Verletzlichkeit so groß war, wagte es keiner, tiefer zu bohren. Jeder lobte im Innersten die Bequemlichkeit von *ja* und *nein*, wodurch sich Standpunkte so herrlich einsilbig darstellen ließen. Die wahre Auseinandersetzung jedoch folgte, indem Lukas auf sein Zimmer ging und der Vater sich ins Wohnzimmer vor den Fernsehapparat setzte. Das war immer so gewesen, und Lukas wurde mit einem Mal klar, daß es immer so bleiben würde.

Plötzlich fiel ihm auf, wie wenig er von seinen Eltern wußte. Er kannte sie so, wie er sie all die Jahre über erlebt hatte, aber er wußte so gut wie nichts von dem, was sie in ihrer Jugend erlebt hatten. Warum war niemals darüber gesprochen worden? Die Mutter hatte manchmal Andeutungen gemacht über die Vertreibung aus Schlesien, aber da war sie *ja noch so klein*. Und der Vater erzählte hin und wieder von der harten Nachkriegszeit, in der er mit den Eltern und seinen vier Geschwistern saure Suppe aus einem alten Topf gelöffelt hatte, jeder mit einem Stück Brot in der Hand. Aber meist geschah es nur zufällig, daß Lukas diese Erzählungen mitbekam, vorwiegend bei Familienfeiern, wenn seine Onkel und Tanten zugegen waren und sie mit dem Vater wie beiläufig ihre Erinnerungen austauschten. Lukas hätte gerne Fragen gestellt, aber er wagte es nie. Ob es damit zusammenhing, daß er unbewußt spürte, was es mit dem *Unangenehm-Auffallen* zu tun hatte? Wer Fragen stellte, fiel zwangsläufig auf, und Lukas war es immer unangenehm gewesen, von mehreren Personen gleichzeitig angestarrt zu werden.

Vor einem halben Jahr hatten sie seinen anderen Großvater, den Papa seines Vaters, beerdigt. Er und Lukas waren sich nicht allzuoft begegnet, denn der Großvater wohnte im Schwarzwald, von wo auch der Vater und die Onkel und Tanten herkamen. Lukas wurde ganz elend, wenn er an das Begräbnis dachte. Nicht, daß er seinen Großvater so sehr geliebt hätte, er mochte ihn, aber es war keine besonders herzliche Zuneigung; dafür hatten sie sich zu selten gesehen. Es war nur so unbegreiflich, daß der Großvater sterben mußte, damit Lukas aus den Grabesansprachen erfahren konnte, welchen Beruf er ausgeübt hatte und in wie vielen Vereinen er als geschätztes Mitglied tätig gewesen war.

Warum hatte er die Eltern nie nach den Vorfahren, nach der Herkunft ihrer Familien gefragt? Er hätte so viel Wissenswertes hören und dadurch Rückschlüsse ziehen können auf Dinge, durch die seine Eltern geprägt worden waren. Sollte wiederum sein Sprachfehler schuld daran gewesen sein? Waren dies seine privaten Wissenslücken, die er irgendwann einmal als zu groß erachtet hatte, um sie noch auffüllen zu können? Hatte er deshalb das Thema *Familie* stets gemieden, um nicht dadurch unangenehm aufzufallen, wie wenig er über seine Eltern wußte?

Eine seltsame Traurigkeit begann ihn zu quälen. Jetzt, als er in seinem eigenen Wohnzimmer saß, gerade dreißig Jahre alt, und an einen Dialog aus einem Tagtraum dachte.

Hallo Papa, wie geht's dir denn?

Lukas! Schön daß du da bist! – Roswitha, Lukas ist gekommen! – Mama ist gerade in der Badewanne. Na, komm rein, Junge. Warte, gib mir deinen Mantel! So, nun komm in die Küche!

Ach, tut das gut, sich endlich hinsetzen zu können! Mir tun schon die Füße weh!

Wie war dein Tag?

Ziemlich anstrengend. Und zu guter Letzt war auch noch der Zug überfüllt. Ich hab die ganze Fahrt über stehen müssen.

Ach, du Ärmster! Aber jetzt bist du ja da! Was kann ich dir anbieten? Wein? Bier? Oder willst du noch 'nen Kaffee?

Heimkehr hatte er diese Vision genannt, die ihm seit längerem immer wieder mal in den Sinn kam. Hin und wieder umarmten sie sich dabei sogar. Jetzt wurde ihm bewußt, wie weit entfernt von der Realität diese Vorstellung war. Um sie wahr werden zu lassen, hätten sie sich beide ändern müssen. Wenn nur Lukas seine Rolle aus dem Dialog gelernt hätte, dann hätte er, ungeachtet seines Sprachfehlers, erneut eine andere Sprache gesprochen. Die Folge davon wäre eine Peinlichkeit des Inhalts geworden. Um andererseits seinen Vater zu ändern, wäre ein klärendes Gespräch nötig gewesen. Und dafür eine höhere Macht, die den Fernsehapparat, diesen unausgesprochenen Vorwand, für einen Abend defekt werden ließ und Lukas gleichzeitig aus seinem Zimmer lockte.

Aber wollte er das überhaupt noch? War nicht bereits der Gedanke an ein ernsthaftes Gespräch mit seinem Vater etwas Unheimliches, das ihn nach Einwänden und Vorwänden suchen ließ und in seinen eigenen vier Wänden gefangenhielt?

Dabei waren seine Eltern auch nur Gefangene in ihrem Eigenheim in Felswappen. Friedrich, Herbert und Maria waren längst verheiratet und wohnten mit ihren Ehepartnern in der näheren Umgebung in den Häusern der Schwiegereltern. Keiner der drei dachte daran, je wieder nach Felswappen zurückzukehren. Die Eltern setzten ihre Hoffnungen auf Lukas. Besonders in der letzten Zeit hatten sie oft davon gesprochen, das obere Stockwerk für ihn auszubauen.

Er wollte davon nichts wissen, obwohl er sie gut verstehen konnte. Sie hatten sich ihr Leben lang nie etwas gegönnt, immer nur an ihre Kinder gedacht und alles Ersparte in das Haus investiert. Jetzt waren sie verbittert darüber, daß keines ihrer Kinder das Haus haben wollte.

Lukas dachte manchmal daran, wie es wohl wäre, wieder zu Hause, nein, wieder in Felswappen zu wohnen. Dann sah er die Mutter vor sich, die es gut mit ihm meinte und jeden Tag zu ihm ins Zimmer kam und fragte, ob er etwas zu waschen hätte oder ihn zum Abendessen rief. Und er hörte die Stimme des Vaters, der ihn fragte, warum er so spät von der Arbeit komme, nur weil er, Lukas, wieder mal einer seiner Lieblingsbeschäftigungen nachgegangen war und nach Dienstschluß verschiedene Buch- und Schallplattenläden durchgestöbert hatte.

Diese Art von gutgemeinter Bemutterung hatte sein Denken lange genug geprägt. Er mußte nicht noch einmal die Irrwege seiner Jugend durchwandern, um zu wissen, daß er der Sohn seiner Eltern war.

Wie sehr hatte er es sich früher gewünscht, mit ihnen über seine Zukunft sprechen zu können. Doch wenn er, was selten vorgekommen war, gewisse Vorstellungen verlauten ließ, versuchten sie stets, ihm seine Pläne auszureden. Oder sie machten sich Sorgen; Sorgen um den kleinen Benjamin, der mit sechzehn, siebzehn, achtzehn immer *noch nichts weiß, nichts kann, nichts ist.*

Es hatte sich nichts geändert, und es würde sich nichts ändern, weder mit vierzehn noch mit dreißig oder mit vierzig, denn sie hatten immer Angst um ihn gehabt, schon in frühester Kindheit, und wenn es keinen Anlaß dafür gab, so hatten sie zumindest Angst, daß er etwas anstellen oder sie mit ihm unangenehm auffallen könnten.

Unangenehm auffallen. War dies der Grund für ihre ablehnende Haltung gegenüber der Schriftstellerei? Hatten sie Angst, er könnte persönliche Dinge veröffentlichen; Begebenheiten, in denen sie sich wiederfinden würden? Für die sie sich vor den Nachbarn schämen müßten?

Aber er hatte immer Rücksicht auf sie genommen. Natürlich hatte er auch über sie geschrieben, aber stets mit abgeänderten Daten und Fakten, so daß sie ohnehin nicht zu erkennen gewesen wären. Sogar seinen eigenen Namen hatte er verleugnet, indem er jene Arbeiten unter einem Pseudonym an verschiedene Verlage schickte, und dies nicht seinetwegen, sondern nur, um die Eltern vor ihrem Alptraum mit den fingerzeigenden Felswappenern zu bewahren.

Dabei wollte er nur, daß sie stolz auf ihn waren. War das nicht immer sein Traum gewesen? Daß sie sagen konnten: »Dieses Buch, das hat unser Sohn geschrieben!« Aber vielleicht gab bedrucktes Papier in ihren Augen nicht genug her, um sich damit präsentieren zu können. Dazu brauchte es schon einen Kunstschnitzer wie Herbert. In der Tat, sein Gesellenstück war wunderschön gewesen, so schön, daß der Vater jeden Besuch ins Wohnzimmer führte und stolz auf die Madonna hinwies. Mit Recht, wie Lukas fand. Er war nicht neidisch gewesen. Es grämte ihn nur, daß die Eltern, nach seinem Gedichtband befragt, den vor Jahren ein kleiner Verlag in einer Auflage von zweihundertfünfzig Stück veröffentlicht hatte, zuerst danach suchen mußten, bevor sie ihn herzeigen konnten. Stolz ließ sich für sie nicht zwischen zwei Buchdeckel pressen, die einen dazu aufforderten, nachzudenken. Stolz mußte offensichtlich sein, nach Arbeit aussehen und durfte sich vor allem keinen falschen Schnitzer erlauben.

Lukas würde nie nach Felswappen zurückkehren, das wußte er. Wenn, dann nur mit einer eigenen Familie, aber dieses Kapitel hatte er abgehakt. Er wußte nur zu gut, wie seine Eltern sich fühlten, und er fühlte mit ihnen. Und doch war es ihm unmöglich, ihnen diesen Wunsch zu erfüllen. Dieses eine Mal wollte er keine Rücksicht auf sie nehmen. Er hatte es zu oft getan, ohne daß sie etwas davon bemerkt hätten, und hatte sich dabei zu oft etwas vorgelogen, und das wiederum war ihm unangenehm aufgefallen.

Unangenehm auffallen! War das wirklich so schlimm? Sich hin und wieder zu beweisen, daß man noch am Leben war, daß sich noch etwas in einem selbst bewegte? War es nicht besser, als fortwährend unangenehm runterzufallen?

Sie waren zur Hochzeit von Lukas' Tante eingeladen worden. Lukas war zehn, zwölf Jahre alt gewesen, und seine beiden Cousins, die er längere Zeit nicht mehr gesehen hatte, waren etwa sieben und neun. In dem Lokal, in dem die Feier stattfand, gab es eine altmodische Jukebox, und die drei Jungen blickten neugierig auf die vielen Knöpfe und die bunten Bilder, die darauf aufgemalt waren. Als die Musikkapelle eine Pause einlegte, warf einer der Cousins eine Münze in den Apparat und drückte eine Zahlenkombination. Ein Schlager erklang, und einige der Gäste begannen, die Köpfe nach ihnen zu drehen.

Lukas' Vater, der mit der Mutter etwas abseits saß, blickte in seiner Rechtschaffenheitspose zu ihm hinüber. Er hatte sie oft geübt: kleine Augen, zusammengepreßte Lippen, ernster Blick und dabei den Kopf langsam vor- und gleichzeitig nach oben strecken, ohne die Schultern zu bewegen. Der erhobene Zeigefinger unterstrich seine Besorgnis, er könnte unangenehm mit Lukas auffallen.

»W-W-Wieviele Lieder habt ihr denn gedrückt?« fragte Lukas seine Cousins.

»Zwei«, antwortete der größere.

»D-D-Dann ist aber Schl-Schluß!« sagte Lukas. »Die Kapelle wird sicher glei-glei-gleich wieder wei-weiterspielen.«

»Dann machen wir's eben leiser«, schlug der Kleine vor und suchte nach dem Lautstärkeregler. Er fand ihn auch gleich, doch er drehte ihn in die falsche Richtung. Der Wirt sah böse zu den dreien hinüber, und sicherlich auch die Gäste. Doch Lukas beachtete sie nicht. Er nahm nur den dröhnenden Baß aus dieser schrecklichen Holzkiste wahr, zog den Kleinen beiseite, zischte ihm ein »Du bist ja wahnsinnig!« zu und drehte die Lautstärke auf Null zurück. Dann stand sein Vater hinter ihm.

»Was hab ich denn gesagt?« begann er. »Du sollst die Finger davon lassen! Du setzt dich jetzt sofort zu uns an den Tisch, trinkst deine Limonade und gibst Ruhe!«

Er schrie nicht. Er sprach ruhig und monoton, aus Angst, er

könnte noch mehr mit ihm auffallen.

Nach beinahe zwanzig Jahren schien es Lukas mit einem Mal, als könnte er diese Ängste verstehen. Es waren rückprojizierte Ängste, Ängste, die seine Eltern auf sich selbst bezogen, weil sie auch nicht alles wußten, nicht alles konnten, nicht alles waren, was sie gern gewesen wären. Aber sie trugen diese verdammte Verantwortung in sich, die zum einen verständlich war und zum anderen, vor allem in späteren Jahren, auf ihrem Problem mit dem *Nicht-loslassen-Können* beruhte.

Lukas lächelte zum zweiten Mal in dieser Nacht. Er blickte zu dem kleinen Kreuz über der Wohnzimmertüre und sprach in Gedanken ein kurzes Dankgebet. Er dankte Gott für die spät erlangte Einsicht, für seine Art des Denkens und für seine Sprachverzögerung, die ihm dieses Denken ermöglicht hatte. Jetzt war er seinen Eltern einen Schritt voraus. Er hatte etwas Entscheidendes begriffen: Jeder Augenblick der Wut, der Verzweiflung und der Enttäuschung, den er in all den Jahren erlebt hatte, war auch ein Augenblick der Wut, der Verzweiflung und der Enttäuschung für seine Eltern gewesen. Er hatte immer nur seine eigenen Qualen gespürt, die aufgrund ihrer vielfältigen Ursachen so stark waren, daß er den Schmerz der Eltern nicht mehr nachempfinden konnte.

Warum kam diese Erkenntnis erst jetzt? Diese Einsicht, daß die Eltern in ihrer schwierigen Rolle unter ihm genauso zu leiden hatten wie er unter ihnen; die Reue darüber, daß er ihr Leid jahrelang ignoriert hatte. Und warum war er sich stets so sicher gewesen, daß sie seine Gefühle ebenso mißachtet hatten? Sie hatten mit ihm gelitten, stumm, sprachbehindert aufgrund des Zwiespalts zwischen seinen Vorstellungen und ihrer Lebenserfahrung.

War er seinen Eltern wirklich einen Schritt voraus? Oder hatte er sie nur mal eben eingeholt?

Wohin war er in all den Jahren gegangen? Welchen Weg hatte er auf seinen Irrwegen und Umwegen genommen? Wie oft hatte er ihre vorgegebenen Pfade betreten, nicht aus Überzeugung, sondern aus Angst, vom Weg abzukommen? Und wie oft hatte er weggehört und war seinen eigenen Weg gegangen, beladen mit Schuldgefühlen, weil er die Warnungen überhörte, die sie ihm mit auf den Weg gegeben hatten? Wie bewegt dieses Leben doch sein konnte, wenn man es aus anderer Sicht betrachtete!

Wäre es wirklich so wünschenswert gewesen, wenn sein Vater das Schreiben befürwortet, vielleicht gar gefördert und damit Druck auf ihn ausgeübt hätte? Wäre ihm damit nicht eines seiner Themen abhanden gekommen, das Gefühl des Nicht-verstanden-Seins?

Gab es eine Garantie dafür, daß ihn eine Ausbildung zum Bäcker oder zum Versicherungskaufmann ebenso ins *Iban* geführt hätte? Dort hatte er in Michael, Günter, Richard und all den anderen treue Kameraden gefunden. Wie wertvoll ihm all diese Freundschaften gewesen waren; wie oft fanden sie ihre Bestätigung in seinen Liedern. Ohne seinen Einzug ins *Iban* hätten sie sich niemals kennengelernt. Und der Grund für seinen Aufenthalt im Wohnheim war die Post gewesen. Sollte ihm dies nicht Anlaß zur Freude sein, daß er über die Post ins *Iban* gekommen war und durch das *Iban* Freunde, Ideen und Lieder gewonnen und dadurch Bestätigung erfahren hatte? War nicht auch und gerade die Ablehnung seines Vaters gegenüber der Dichtkunst ein Ansporn, weiterzuschreiben und daher ein Grund, dankbar zu sein?

Lukas war seinen Eltern dankbar; nicht nur für all das Gute, das sie für ihn getan hatten, sondern auch für die negativen Begebenheiten mit ihnen, durch deren Irrwege er auf all das Positive in ihm und um ihn gestoßen war. Dennoch wünschte er sich, er hätte ihnen damals von diesem Gefühl der Trostlosigkeit erzählen können, das ihn so oft umgab. Von der Einsamkeit innerhalb der Ausbildungseinheit; von dem bitteren Lachen seiner Kollegen; von der quälenden Schelte der Ausbilder, wenn er eine Aufgabe nicht verstanden hatte; von der Zeit des Ausgestoßenseins, nachdem er sich einmal über einige seiner Kollegen beschwert hatte, weil er sich nicht anders zu helfen wußte; von der Angst jeden Tag, dieser immer schlimmer werdenden Angst; und von seiner unbarmherzigen Selbstzerstörung, die er mit aller Konsequenz betrieb. Und er fragte sich, was sie dazu gesagt hätten, zu diesen und all den anderen deprimierenden Bildern.

12. Kapitel

Verbitterte Flucht in Kaffee und Zigaretten,
von der Umwelt geknechtet

Die Bodenfliesen waren kalt. Fritz kniete auf seinem linken Fuß, und Gustav, der größte und schwerste von allen, auf seinem rechten. Zwei andere Jungen drückten seine Arme auf den Boden. Ein fünfter saß an seiner Stirnseite und zwängte die Knie um seinen Kopf, damit er ihn nicht mehr bewegen konnte. Zehn bis fünfzehn Zuschauer aus verschiedenen Einheiten standen im Vorraum der Toilette um ihre Kollegen herum und warteten gespannt, was geschehen würde.

Mittlerweile hatte Bert am Waschbecken den Pinsel naß gemacht. Er drängte sich zwischen seine Kollegen hindurch, setzte sich auf Lukas' Brustkorb und blickte auf ihn hinunter.

»Also dann, Blessing«, grinste er, »wenn du nicht weißt, was sich gehört, werden wir eben ein bißchen nachhelfen.«

Lukas sagte nichts. Stumm ließ er die Tortur über sich ergehen. Er wußte, daß er keine Chance hatte.

Bert zog eine Tube Rasiercreme hervor und begann, Lukas' Gesicht einzuseifen. Jemand reichte ihm einen Einwegrasierer, lachend und mit den Worten »Gib's ihm gründlich, Bert!«, und die Menge kicherte.

Vielleicht kommt einer der Ausbilder, hoffte Lukas. *Geb Gott, daß einer der Ausbilder kommt und sieht, was die hier mit mir machen!*

Es kam keiner. Die kamen, wenn man sie nicht brauchte.

»Schön stillhalten, Blessing«, grinste Bert, »dann tut's auch nicht weh!«

Langsam fuhr er mit dem Einwegrasierer über Lukas' ersten Flaum hinweg, langsam und bedächtig, um die Schmach lange genug auskosten zu können, die er ihm antat. Lukas kniff die Augen zusammen, zum einen, da er von der Deckenbeleuchtung geblendet wurde, doch vor allem, um Berts Grinsen nicht länger ertragen zu müssen.

»Kannst ruhig fester aufdrücken«, rief einer der Jungen zu Bert, »einen Blutstiller hab ich hier!«

Er lachte. Die anderen lachten mit.

Dann war es vorbei, und die Versammlung löste sich allmählich auf. Bert, Gustav, Fritz und die anderen drei erhoben sich. Lukas fühlte sich so erleichtert, daß er noch einen Moment liegenblieb.

Bert verließ die Toilette als letzter, und an der Tür drehte er sich noch einmal um. »Hey, Blessing«, sagte er, »ich hoffe, das ist dir eine Lehre. In Zukunft erscheinst du gefälligst jeden Tag rasiert. Anderenfalls müssen wir die Prozedur wiederholen. Und das nächste Mal reißen wir dir die Barthaare einzeln aus!«

Er griff in seine Arbeitsjacke, zog eine Justierzange hervor und klapperte damit herum. Dann ging er hinaus zu seinen Kollegen.

Lukas stand auf, wankte an das Waschbecken und wusch sich den restlichen Schaum aus dem Gesicht. Er blickte in diese hohlen, niedergeschlagenen Augen und dachte an den Abend, an ein Bier, oder zwei, oder drei, mit Michael, Günter und Richard, und an ein Gedicht oder einen Song.

Er wünschte sich weg aus München, weg, irgendwohin, um die verhaßte Post ganz einfach vergessen zu können; nach Hause zu Werner, Gerda und all den anderen vom Stammtisch. Selbst der primitive Rüdiger erschien ihm, verglichen mit seinen Kollegen in der Ausbildungseinheit, angenehm; ihre Beziehung war zwar oberflächlich, aber freiwillig. Doch er bekam die Stimme des Vaters nicht aus seinem Kopf, und so versuchte er verzweifelt, sie mit Musik zu übertönen.

Es war in jener Zeit, als er neben Kris Kristofferson auch seine Anfälligkeit für den Liedermacher Reinhard Mey entdeckte. Abends, wenn er im Bett lag und nicht einschlafen konnte, hörte er oftmals über Kopfhörer immer und immer wieder den Refrain von *Aus meinem Tagebuch*. Oder war es umgekehrt? Konnte er nicht einschlafen, weil er jenes Lied buchstäblich in sich aufsaugte?

> *»Ich will nach Haus, ich hab genug*
> *Ich bin schon viel zu lange hier*
> *Ich springe auf den nächsten Zug*
> *Und lasse alles hinter mir...«*

Wie gern wäre er auf den nächsten Zug aufgesprungen, selbst wenn er mittlerweile sogar Angst vor den Zugfahrten hatte. Diese Angst kam von seinem immer mehr verkümmernden Selbstwertgefühl. Er fühlte sich von seiner Umwelt bereits so sehr geknechtet, daß er es als eine Gnade empfand, in einem Zug mitfahren zu dürfen. Er, Lukas, war kein vollwertiger Fahrgast, sondern ein verträumter Nichtsnutz, der den anderen Reisenden einen Sitzplatz wegnahm. Jedesmal, wenn er durch die Glastüren ins vordere Abteil blickte und den Schaffner entdeckte, begann er, sich unwohl zu fühlen. Hastig zog er seine Fahrkarte hervor und überprüfte sie. War es auch die richtige? Gab es irgendeinen Grund zu einer Beanstandung? Hatte er unabsichtlich den Sitz schmutzig gemacht? Verstellte er mit seiner Reisetasche irgend jemandem den Weg? Oder vielleicht mit seiner bloßen Anwesenheit?

Lukas' Gedanken kreisten in jener Zeit häufig um das Thema *Flucht*. Seine Depressionen verstärkten sich, und bevor er mittags in der Kantine seine erste Mahlzeit zu sich nahm, hatte er bereits sechs bis acht Zigaretten geraucht und mehrere Tassen schwarzen Kaffee getrunken. Da er sehr wenig aß, genügten vier Halbe Bier am Abend, um ihn müde werden zu lassen. Dies war für den Anfang sein tägliches Pensum, mit dem er sich allmählich selbst zerstören wollte.

Richtig betrunken war er im *Iban* selten, doch holte er diesen Zustand am Wochenende in Felswappen um so hartnäckiger nach. Die Stammtischfreunde bemerkten nicht, daß sein übermäßiger Alkoholkonsum eine Ursache hatte. Lukas gab sich nach dem vierten Bier und zwei Schnäpsen meist locker und fröhlich, lachte viel, machte Witze und überspielte seine innere Trauer mit grölenden Trinkliedern. Hin und wieder ging er auf die Toilette, um sich zu übergeben, und als er wieder zurückkam, um weiterzutrinken, fanden ihn seine Freunde immer noch lustig. Aber wenn *lustig* wirklich etwas mit *Lust* zu tun hatte, verbarg sich für Lukas dahinter nur die Lust auf den Tod, weil er aus Angst vor der kommenden Woche keinen anderen Ausweg sah.

Warum hatte er sich damals nicht wirklich umgebracht? Er war ein depressiv veranlagter Mensch, ein Melancholiker, und sie quälten und drangsalierten ihn in einem fort. War es nicht erstaunlich, daß er ihrem Druck standgehalten und immer nur in Gedanken geflohen war; daß er, trotz all dem, seine Ausbildung beendet hatte?

Standgehalten: ja. Aber zu welchem Preis! Die Lehre lag über zehn Jahre zurück, und auch, daß er bei der Post gekündigt hatte, war schon fast fünf Jahre her. Die Depressionen waren geblieben, wenn sie auch nicht mehr so stark waren wie in den Zeiten seiner Lehre oder der späteren Gesellenjahre. Und doch erinnerte er sich, daß er vor nicht allzulanger Zeit ein paar Gedanken über das Thema *Selbstmord* in sein Tagebuch geschrieben hatte. Neugierig griff er nach dem Buch. Dann legte er es wieder beiseite. Er wollte sich zuerst darüber klar werden, wie er jetzt, in der Nacht seines dreißigsten Geburtstages, darüber dachte.

Was war Selbstmord überhaupt? War es nicht in erster Linie der verzweifelte Versuch, einer allem Anschein nach tauben und blinden Umwelt auf einzigartige Weise Augen und Ohren zu öffnen, um sie dazu zu bewegen, mit einem mitzuleiden? Und lag nicht die Tragik darin verborgen, daß eben jene Augen mit ihrer neugewonnen Sehkraft nichts mehr anfangen konnten, weil es außer zehn geleimten und miteinander verarbeiteten Brettern nichts mehr zu sehen gab; weil daraus auch kein Laut mehr an ihre hellhörig gewordenen Ohren drang?

Lukas hatte genug mit sich selbst gelitten, um zu wissen, daß weder Selbstmitleid noch der sich daraus irgendwann ergebende Selbstmord seine Probleme lösen konnten. Selbstmitleid raubte dem Denken seine Freizügigkeit, weil es die Weite des Horizonts auf den Blickwinkel einer vereinzelten Gewitterwolke verengte. Wie oft war er dabei allein im Regen gestanden, manchmal sogar bewußt, weil er die Wolken gesucht hatte, um mit sich selbst um sein unwertes Leben zu trauern. Jetzt erst erkannte er, wie wertvoll Regen sein konnte, bewahrte er doch vor dem Austrocknen und sorgte überdies für Wachstum.

Lukas schlug das Tagebuch auf, um nach der Eintragung zu suchen, die er zwei Jahre vorher geschrieben hatte:

»Vielleicht ist Selbstmord nicht mal die schlechteste Lösung. Der Zeitpunkt allerdings sollte gut gewählt sein. Und vor allem ist der psychischen Verfassung zwischen dem Entschluß zur Tat und der Tat als solcher ein besonderes Augenmerk zu schenken. Weiß Gott, ich hab oft daran gedacht und den Freitod über die Grenze hinaus in Gedanken durchgespielt. Es hat mir niemals sonderlich gutgetan, denn ich war oft verbittert dabei. Verbitterung ist ein schlechte Omen. Es besteht die Gefahr, daß man den wirklich bitteren Teil davon mit hinübernimmt und die Bitterkeit seines Todes nicht mehr los wird...«

Verbittert war einer der Charakterzüge, die sich Lukas in seiner

Lehrzeit erworben hatte. Nach seiner unfreiwilligen Rasur in der Toilette und vor allem nach Berts abschließender Drohung fühlte er sich so sehr unter Druck, daß er sich jemandem anvertrauen mußte, der ihm vielleicht sogar weiterhelfen konnte.

Die theoretische Ausbildung bei der Post fand nicht nur in der Berufsschule statt, sondern auch in eigenen Schulungsräumen im Hauptgebäude des Ausbildungsgeländes. Alle sechs Wochen wurden hier die Einheiten für ein paar Tage in Werkstoffkunde, Unfallverhütungsvorschriften und dergleichen unterrichtet. In einem der Fächer ging es um allgemeine Berufskunde, und die Lehrbeamtin hieß Katharina Bergmann. Sie war eine der wenigen weiblichen Mitglieder des Lehrkörpers, und Lukas konnte sie gut leiden.

Eines Mittags verließ er als letzter den Lehrsaal, um in die Kantine zu gehen. Als er an ihrem Pult vorbeikam, entdeckte sie ein Buch in seiner Hand. Wie sie später erklärte, war es für sie ungewöhnlich, daß sich ein Lehrling mit Literatur beschäftigte, und so sprach sie ihn darauf an. Es war zu der Zeit gewesen, als sich Lukas verstärkt für Filme zu interessieren begann und neben seinen Kurzgeschichten, Gedichten und Liedern auch an Drehbüchern schrieb. An jenem Tag las er eine Biographie über den amerikanischen Filmemacher John Ford. Zufällig begeisterte sich Frau Bergmann sehr für die Western von John Wayne, vor allem für jene, die er unter der Regie von John Ford gedreht hatte. Und so unterhielten sich die beiden sehr angeregt über Filme, und Lukas erzählte ihr von seinen Hobbys. Zum ersten Mal fühlte er sich richtig angenommen; als wäre er auf dem großen Ausbildungsgelände nach mittlerweile eineinhalb Jahren Lehrzeit endlich einem Menschen begegnet.

An sie mußte er denken, denn nur ihr konnte er von seinen Problemen innerhalb der Einheit erzählen. Er suchte sie in ihrem Büro auf und berichtete von dem, was in der Toilette vorgefallen war. Frau Bergmann zeigte sich betroffen und versprach, ihm zu helfen.

Am Nachmittag, als die Lehrlinge in ihrer Werkstätte mit dem Aufbau von Telefonanlagen beschäftigt waren, trat der Ausbilder vor sie hin. Er winkte Harald Brock, den Einheitssprecher, sowie Bert und seine Freunde und schließlich auch Lukas zu sich und befahl ihnen, ihm nach nebenan in sein Büro zu folgen. Bert drehte sich um und warf Lukas einen vernichtenden Blick zu, und auch Lukas ahnte, was jetzt folgen würde.

»Brock«, begann der Ausbilder, nachdem er die Türe geschlossen hatte, »ich habe dich als Einheitssprecher dazugeholt, damit du vielleicht ein bißchen auf das achtest, was ich den anderen jetzt zu sagen habe.« Dabei blickte er streng auf Bert und seine Freunde.

»Heute mittag«, fuhr der Ausbilder fort, »habe ich von eurem unkollegialen Verhalten gegenüber einem eurer Kollegen erfahren. Ich will gar nicht näher auf das eingehen, was sich heute vormittag in der Toilette abgespielt hat. Meine Herren, ich sag euch nur das eine: Wenn sich sowas nochmals wiederholt oder wenn ihr dem Blessing noch einmal in irgendeiner Form droht, dann wird das für euch alle Konsequenzen haben. Ich sag euch das als Warnung, deshalb werde ich auf einen Eintrag in eure Akten verzichten. Aber beim nächsten Mal seid ihr fällig. Ich hoffe, wir haben uns verstanden! – Und jetzt raus an die Arbeit!«

Sie ließen ihn in Ruhe. Nicht nur Bert und seine Freunde, die ganze Einheit mied ihn von nun an. In ihren Augen war er ein Verräter, ein humorloser Griesgram, der keinen Spaß verstand und mit dem keiner mehr etwas zu tun haben wollte. Lukas hätte zufrieden sein können, und doch wurde er zunehmend verbitterter. So sehr er auch unter ihnen gelitten hatte – von ihnen gemieden zu werden und dennoch den ganzen Tag mit ihnen zusammengesperrt zu sein, das war auf die Dauer noch deprimierender. Denn selbst jene Kollegen, mit denen er keine Probleme hatte, schlossen ihn mehr und mehr von ihren Gesprächen aus.

Irgendwie hatten sie es mitbekommen, daß er ein paar Mal mit Frau Bergmann im Kino war. Hin und wieder besuchte er sie in den Pausen in ihrem Büro, um ihr eines seiner Filmbücher zu leihen. Bald darauf wurde hinter seinem Rücken über ihn getuschelt, und die Stimmen wurden lauter und gipfelten in obszönen Bemerkungen über seine *Pausen der besonderen Art*. Lukas schaffte es, sich nicht weiter darüber aufzuregen. Abends würde er mit Michael, Günter und Richard ein paar Bierchen trinken, und der Ärger wäre vergessen.

Bis zum nächsten Ärger, auf den er nie allzulange warten mußte. Mochten ihn seine Kollegen in Ruhe lassen, so fand sich im Kreise der pädagogisch vielfach unqualifizierten Ausbilder immer wieder jemand, der Spaß daran hatte, einen Lehrling vor der Einheit zu demütigen.

Schindling war einer von ihnen. Lukas hatte zweimal hintereinander keine Antwort auf Schindlings Fragen über die Leitfähigkeit von Metallen geben können; einmal, weil er sie nicht wußte, und beim zweiten Mal, weil er die Antwort nicht herausbrachte.

»Ach, Bübchen«, grinste Schindling verächtlich, »ich glaub, du weißt nicht mal, wovon wir hier überhaupt reden!«

Er wandte sich Lukas' Kollegen zu, und sein Grinsen nahm das halbe Gesicht ein: »Der weiß nicht, wovon wir reden. Der denkt, ein elektrischer Leiter ist was, wo man raufsteigen kann. Wahrscheinlich ist er schon einmal zu oft von einer Leiter runtergefallen!«

Die Einheit liebte ihn. Schindling war einer, auf den man sich verlassen konnte, und sein kantiger, überdimensionaler Kopf hielt, was sein Gesichtsausdruck versprach.

Lukas schloß die Augen und sah ihn vor sich, und er empfand wieder jenen Haß. Wie damals sah er sich in Gedanken mit einem großen Beil, das immer und immer wieder auf Schindlings Schädel einschlug und sein verdammtes Grinsen zu einer blutigen Fratze werden ließ.

Lukas konnte hassen, in Gedanken konnte er fürchterlich hassen und aggressiv werden, manchmal sogar gewalttätig. Da besaß er Kraft, und sein Stottern war nebensächlich, weil er sich mit Fäusten und Füßen wehrte. Wie oft hatte er Bert dabei am Kragen gepackt und durch die große Glasfront in der Aula geworfen? Alle blickten sie ihn an, ihn, Lukas, der ihnen die Sprache genommen hatte, während er auf einen der Tische sprang und durch die Aula brüllte: »Wer ist der nächste?«

Vielleicht waren es diese Gedankenspiele, die ihn, neben seiner Liebe zu den Songs von Kris Kristofferson und der Kameradschaft im *Iban*, letztendlich vor dem Selbstmord bewahrt hatten. Immerhin konnte er sich hier beweisen, daß ihm noch eine letzte Kraft geblieben war – die Kraft des Denkens, die Kraft der ungewöhnlichen, manchmal gar absurden Gedanken. Er war nicht wie all die anderen und vor allem kein Mensch der Masse, aber war dies nicht vielleicht seine Stärke? Lag es nicht einzig und allein an ihm, diese Stärke positiv zu nutzen?

Lukas schöpfte unbewußt aus seinen Gedanken, indem er begann, für die abendlichen Weißbierrunden im *Iban* deutschsprachige Lieder zu schreiben. Songs, die sich in zwei Hauptkategorien unterteilen ließen. Zum einen waren es Lieder über seine Freunde und die

Geborgenheit, die er im *Iban* gefunden hatte, zum anderen Haß-
tiraden gegen die ungeliebte Ausbildung; dies waren seine sogenann-
ten *Antipostlersongs*. Neben dem pädagogischen Effekt der Verarbeitung, den diese Songs mit sich brachten, genoß Lukas vor allem die
Tatsache, daß er damit seine Freunde zum Lachen bringen konnte.
Dies war eine neue Ausdrucksform in Lukas' Werken: Ironie, die
über Sarkasmus bis zum Zynismus reichte. Es war ihm klar geworden, daß er sich mitunter nur auf diese Art und Weise anderen mitteilen konnte. Und selbst wenn sie bei seinen Liedern nicht genauso
tiefgründig mitdachten, wie er es beim Schreiben getan hatte, so war
es doch ein Fortschritt. Sie erkannten sein Talent und bestärkten ihn
dadurch, es als seine wahre Bestimmung anzuerkennen.

Dafür war es in seiner Ausbildungseinheit mittlerweile zu spät.
Seine Kollegen mieden ihn weiterhin. In der Berufsschule, in der es
gottlob noch das Fach Deutsch gab, mußten sie einmal einen Aufsatz
schreiben zum Thema *Comics*. Es galt, sich eine bestimmte Comic-
figur herauszusuchen, die man entweder mochte oder überhaupt
nicht leiden konnte, und dafür die Gründe anzugeben. Lukas entschied sich für einen ironischen Verriß der *Superman*-Heftchen. Die
Lehrkraft urteilte *stilistisch perfekt*, gab ihm die Note *sehr gut* und las
den Aufsatz laut vor. Lukas erhielt von seinen Kollegen nur ein
müdes Lächeln. Er sparte es sich, ihnen zu sagen, daß er noch nie in
seinem Leben einen *Superman* gelesen hatte.

Lukas liebte diese Art von Aufsätzen, und er bedauerte es, daß
seine Einheit im dritten Lehrjahr einen anderen Deutschlehrer
bekam. Sein Name war Schweiger. Lukas kam anfangs ganz gut mit
ihm aus – bis er es eines Tages wieder einmal mit der mangelhaften
pädagogischen Ausbildung zu tun bekam.

Sie sollten ein Referat halten über ein selbstgewähltes Thema. In
jeder Deutschstunde sollten, in alphabetischer Reihenfolge, zwei
Lehrlinge drankommen. Lukas konnte sich ausrechnen, wann er vor
die Klasse treten mußte. Er hatte ungeheure Angst davor, frei vor
der Klasse zu sprechen, und entschied, seinen Text abzulesen. Als
Thema wählte er *Kris Kristofferson*. Darüber wußte er Bescheid, und er
konnte persönliche Bezüge in den Vortrag einbringen.

Dann war es soweit, und er trat vor seine Einheit. Seine Finger
schwitzten, als er das Manuskript in die Hand nahm. Wenigstens
blieb ihm dadurch, daß er vom Blatt ablas, der Blick seiner Kollegen

erspart. Und auch ihr Anblick. Er wußte, daß sein Referat gut formuliert war. Aufgrund dieser Sicherheit sowie der Tatsache, nicht frei reden zu müssen, stotterte er sehr wenig. Er blieb nur gelegentlich hängen, wenn er für einen Moment die Augen von seinem Manuskript abwandte und auf seine Kollegen blickte. Wie uninteressiert sie ihn anstarrten! Lag es an ihm oder an seinem Thema? Wahrscheinlich an beidem. Sie mochten ihn nicht, warum sollten sie sich für ihn oder für seine Vorlieben begeistern? Und Kris Kristofferson? Die meisten kannten ihn nicht, und wenn, dann als Schauspieler aus dem Film *Convoy*. Lukas hatte damit gerechnet und ein paar Strophen aus seinen Songs ins Deutsche übersetzt. Doch von den Gefühlen, die er in Liedern wie *Sunday Mornin' Comin' Down — Sonntagmorgen bricht herein* beschrieb, von der Trostlosigkeit, die man empfand, wenn man allein war, während man zusehen mußte, wie andere einen Partner hatten, davon wollten sie nichts wissen.

»Ist noch was, Herr Blessing?«

Lukas blickte seinen Kollegen nach, die auf dem Weg in den Pausenraum waren. Er räusperte sich.

»Herr Schw-Schweiger«, begann er, als sie allein waren, »ich wollte eigentlich... ähm... nur, nur f-f-fragen, wa-warum Ihnen mein Ref-Referat nicht gefallen hat.«

»Wie kommen Sie denn darauf, daß es mir nicht gefallen hat?« fragte Herr Schweiger verwundert.

»Nun, weil... weil Sie mir nur eine *dr-drei minus* gegeben haben.«

»Das liegt daran, daß Ihr Referat eigentlich gar keines war, weil Sie es nicht vorgetragen, sondern nur vorgelesen haben.«

»Ja, das schon«, gab Lukas zu, »aber S-S-Sie wissen doch, ich meine... daß das einen Grund hat. Meinen Spr-Spr-Sprachfehler. Ist für mich einfacher so. Sonst... sonst b-b-bleib ich zu oft hängen, und die anderen...« Er sah zu den leeren Stühlen hinüber und sprach nicht weiter.

»Ich weiß, das ist sicherlich ein Problem für Sie«, sagte Herr Schweiger, und Lukas blickte lächelnd an ihm vorbei, »aber ich kann's nicht ändern. Ich kann bei Ihnen nicht einen anderen Maßstab anlegen als bei Ihren Kollegen. Und gemessen an dem, was Ihre Kollegen gebracht haben, war Ihr Vorlesen eben gerade noch eine *drei*. Was soll ich Ihnen sagen? Sie können schriftlich sehr gut mit

Worten umgehen, aber...« Er stockte und zuckte die Achsel.

»Na ja«, sagte Lukas, »ich hab ja nur gemeint.«

Den Blick auf den Boden geheftet, verließ er den Raum.

Abends bei der Weißbierrunde hatte er keine Lust, Gitarre zu spielen. Michael merkte, daß etwas nicht in Ordnung war, doch er wollte ihn nicht vor den anderen darauf ansprechen.

Lukas fühlte sich zum ersten Mal von einem Vorgesetzten bewußt wegen seines Sprachfehlers diskriminiert – und das von einem Pädagogen. An diesem Abend wollte er nicht für seine Freunde singen, sondern nur zum Schein ihren Gesprächen zuhören und dabei nachdenken und schweigsam sein Bier trinken. Nicht einmal der Gedanke, mit Hennessy zu spielen, konnte ihn davon abbringen.

Eigentlich hieß er Johannes, und er mochte damals zwei Monate alt gewesen sein. Bettina hatte inzwischen Hannes, den Gruppenleiter der Gruppe 5, geheiratet, und bald darauf war Hennessy zur Welt gekommen. Bettina war Gruppenleiterin geblieben, aber sie kam nicht mehr jeden Tag ins *Iban*, sondern verbrachte die meiste Zeit in ihrer gemeinsamen Wohnung in Pasing. Dennoch versuchte sie, zumindest abends auf der Gruppe zu sein, soweit es ihr möglich war. Sie hatte Hennessy von Anfang an mitgebracht. Er schlief meist in seiner Baby-Tragetasche in Bettinas Büro.

Auch an jenem Abend waren die beiden hier. Doch Lukas, der Kinder über alles liebte und Hennessy in jeder freien Minute auf seinem Arm herumtrug, kümmerte sich nicht darum. *Lukas erklärt dir die Welt* hatten sie immer gespielt, und das Spiel bestand darin, Hennessy durch die Gruppe zu tragen und ihm mit einfachsten Worten die unmöglichsten Dinge zu erklären. Die beiden waren ein sehr komisches Gespann, denn Lukas schaffte es mitunter, Hennessy durch eine bewußt sanfte Stimme einen scheinbar aufmerksamen und interessierten Gesichtsausdruck abzugewinnen. Jeder, der die beiden beobachtete, mußte lächeln.

Vielleicht hätte er sich vorstellen sollen, anstelle seiner Kollegen wären lauter kleine Hennessys gesessen, als er sein Referat vortrug. Dann wäre es wirklich ein Referat gewesen. Er hätte frei gesprochen, ohne zu stottern, so wie er es bei *Lukas erklärt dir die Welt* immer tat. Ob er an diesem Abend keine Lust dazu hatte, weil er sich die Welt manchmal selbst nicht erklären konnte?

13. Kapitel

**Ziel einer langen Irrfahrt,
der Wunsch nach Harmonie
im Lachen besserer Menschen,
und doch geboren, um allein zu sein**

Warum hast du aufgegeben?« fragte Richard. »In ein paar Monaten wirst du dreißig. Das ist doch kein Alter. Du kannst immer noch Familie haben. Ich hab dich beobachtet, weißt du. Neulich, als wir bei meiner Schwester waren. Ich hab gesehen, wie du mit meinem kleinen Neffen gespielt hast. Und ich hab gesehen, wie er auf dich zugegangen ist, obwohl er dich an diesem Tag erst kennengelernt hat.

Und dann deine Lieder! Mindestens jeder fünfte Song handelt von Kindern. Ich weiß das, auch wenn ich nicht so gut Englisch kann. Du mit deinem Einfühlungsvermögen bist einfach der geborene Familienvater. Glaub mir das endlich. Du kannst nicht sagen, du hättest dich damit abgefunden, für immer allein zu bleiben. Allein in deinen vier Wänden. Das kann doch nicht alles sein!«

Richard hatte in manchem recht, was er sagte. Der Wunsch nach Harmonie und Geborgenheit inmitten einer eigenen Familie war bei Lukas schon sehr früh vorhanden gewesen. Er erinnerte sich an einen Roman, den er mit etwa fünfzehn Jahren zu schreiben begonnen hatte. Er schrieb in der Ich-Form und sah sich darin als Schriftsteller mit einer verständnisvollen Frau und zwei musikalischen Söhnen im Alter von dreizehn und vierzehn Jahren, die bereits eine eigene Band gegründet hatten. Jeden Tag holte er sie von der Schule ab, und bevor er losfuhr, bekam er einen zärtlichen Kuß von seiner Frau. Die Jungen kamen zu ihm mit all ihren Problemen, und er war so einfühlsam, wie ein Vater nur sein konnte. Zehn Seiten lang, dann hatte er aufgehört.

Jetzt fragte er sich nach dem Grund dafür. Ahnte er damals schon, daß es keine uneingeschränkte Harmonie gab? Daß selbst die schönste Idylle an der Realität zerbrach, sobald er den Bleistift aus der Hand legte?

Da waren die lauten Stimmen unter ihm, das Weinen und Aufheulen der Mutter und der barsche Tonfall im Schreien des Vaters, und Lukas lief hinunter ins Wohnzimmer, wo der Vater im Fernsehsessel saß, und die Mutter schluchzte »Lukas, der Papa mag uns nicht mehr«, und der Vater lallte grinsend »Komm, halt den Mund!«, und Lukas nahm die Mutter in den Arm, um sie zu trösten, und ging dann auf den Vater zu und kniete sich vor ihm hin und weinte und sagte »P-Papa, laß doch... laß doch die... die M-M-Mama in Ruhe«, und der Vater grinste immer noch und sagte »Ich tu ihr doch nichts« und wandte sich wieder ab und dem Fernsehapparat zu.

Wieder überkam ihn diese Wut, als er jetzt daran dachte. Nicht nur die Wut auf den Vater. Auch die Wut auf Herbert, Friedrich und sogar auf Maria. Die Ehekrise der Eltern dauerte ungefähr ein Jahr, und der einzige, der sie in all ihrem Ausmaß zu spüren bekam, war Lukas gewesen. Jedesmal, wenn seine Geschwister bemerkten, daß die Stimmen lauter wurden und die Stimmung zu eskalieren begann, zogen sie sich ihre Jacken an und gingen aus, zu Freunden, in die Disco oder sonstwohin. Lukas blieb allein. Er saß in seinem Zimmer und zitterte bei jedem Geräusch, das aus dem Erdgeschoß zu ihm drang. Manchmal kniete er sich hin und betete, er betete oft zehn Vaterunser hintereinander und schluchzte vor sich hin, es möge aufhören, das Keifen und Weinen und Schreien unter ihm.

Irgendwann hörte es auf, aber da war er bereits nach München gezogen. Die Versöhnung der Eltern hatte der Sohn nicht mehr mitbekommen, nur den Streit. War es eine Vorwarnung gewesen vor den Schattenseiten der Ehe, vor den alltäglichen Nichtigkeiten, die man sich an den Kopf warf, als wollte man demonstrieren, daß in dem Wort *Harmonie* auch das Wörtchen *Harm* steckte? Aber hatte er nicht bei all dem Negativen mitgelitten und daher alle Voraussetzungen, manches besser zu machen, als es ihm seine Eltern in ihrer Ehe vorlebten? Was hielt ihn davon ab, sich nach einer netten Frau umzusehen und mit ihr eine eigene Familie zu gründen?

Komm, mein Kleiner, Papa erklärt dir die Welt! Schau, das da drüben ist ein Baum... und das ist ein Haus. Da drinnen wohnt jemand. Mal sehen, vielleicht schaut bald einer aus dem Fenster raus. Wollen wir ihm dann zuwinken, was meinst du? Ja, mein Kleiner, Papa hat dich lieb... Schau mal, das da...

Lukas hatte mit Hennessy gespielt, mit Richards Neffen und mit einigen anderen Kindern, die er mehr oder weniger gut kannte und doch von Anfang an zu kennen glaubte. Kinder waren für ihn aufgrund ihrer Ehrlichkeit und ihres Lachens die besseren Menschen und ihre Wünsche oftmals mit bloßer Hingabe und Zuwendung zu erfüllen. Er hatte Lieder für sie geschrieben, Songs, die mit einfachen Worten das ausdrückten, was er empfand, wie *Children Are The Best I've Ever Seen – Kinder sind das Beste, was ich je gesehen habe* oder, zur Geburt von Werners Tochter, *Welcome Life – Willkommen, Leben*. Warum zweifelte er immer noch an sich selbst? Weil er unbewußt mehr wußte, als er zugeben wollte?

Er erinnerte sich, als er in der Woche zuvor eines Abends in seiner Küche saß, um eine Patience zu legen. Er hatte, wie schon so oft in letzter Zeit, einen anstrengenden Arbeitstag hinter sich und war zu müde, um noch ein Gedicht oder einen Song zu schreiben. Daher verbrachte er jene Abende damit, sich bei einem Kartenlege-spiel und sanfter Musik zu entspannen.

Plötzlich fühlte er sich gestört. Er blickte zum Hamsterkäfig hin-über, wo Grizzly mit aller Kraft in die Gitterstäbe biß. Die Geräusche waren laut und durchdringend; Lukas war gereizt und sehnte sich nach Ruhe.

»Grizzly!« zischte er. »Hör auf damit, du Nervensäge!«

Der Hamster zeigte sich unbeeindruckt. Schließlich wurde es Lukas zuviel. Er drehte sich um, streckte einen Arm aus und schlug mit der flachen Hand mehrmals an die Seitenwand des Käfigs. Grizzly hielt inne, setzte sich auf die Hinterpfoten und begann, sich zu putzen. Kurz darauf nagte er wieder an den Gitterstäben.

»Du machst mich wahnsinnig!« schrie Lukas.

Er stand auf, ging an den Käfig und atmete tief ein. Grizzly war an der Rückseite des Käfigs zugange und konnte ihn nicht sehen. Der Augenblick war günstig, um ihm eine Lektion zu erteilen. Lukas pustete mit aller Gewalt einen Luftstrom gegen den Hamster, der sich daraufhin überschlug und durch den Käfig wirbelte. Verdutzt blickte er auf Lukas. Dann putzte er sich erneut und sehr gründlich das Fell, und Lukas setzte sich wieder an den Tisch.

Ob er bei einem Kind genauso reagiert und Druck ausgeübt hätte, wenn es ihm lästig wurde? War es überhaupt möglich, daß ihm ein Kind zur Last werden konnte?

Beinahe hätte er mit *nein* geantwortet; einem Kind konnte man etwas erklären; man konnte es, wie er glaubte, zumindest ansatz-weise dazu bewegen, eine einfache Sachlage zu verstehen. Dann tauchten Fragen in ihm auf, unangenehme Fragen wie: *Was ist, wenn das Kind seine eigenen Vorstellungen durchsetzen will, wenn es so sein will, wie es ist, weil dieses oder jenes eben die Eigenschaft eines Kindes ist und das Kind noch kein Erwachsener, sondern eben noch ein Kind ist?*

Hatte Benjamin Blessing das nicht alles schon einmal mitgemacht? Da war der Vater, der kein Verständnis für den Sohn hatte und dessen größtes Hobby als *Papierverschwendung* bezeichnete. Und da war der Sohn, der sich verzweifelt bemühte, sich durchzubeißen, während ihm ständig der kalte Wind des Vaters entgegenblies.

»Ich könnte mir keinen besseren Vater als dich vorstellen«, hatte Richard gesagt. Lukas hätte es beinahe geglaubt und inmitten seiner Kinderspiele und Lieder und seines Einfühlungsvermögens den Abgrund übersehen, der sich zwischen Theorie und Praxis auftat.

Theorie, das waren seine Songs, sein Lachen und seine Herzlichkeit, mit denen er Kindern begegnete, wann immer er welche sah. Meist gelang es ihm, diese Theorie in die Praxis hinüberzuretten. Aber hin und wieder traf sie dort auf die Launen eines Lukas Blessing, die er nur bei einem Eberhard Blessing vermutet hatte; bei Eberhard Blessing, der sich bereits darüber aufregen konnte, wenn seine Kinder die Türen zu laut zuschlugen. Hatte Lukas in letzter Zeit nicht ebenso gereizt reagiert, wenn seine Nachbarn die Haustüre zufallen ließen?

Lukas lebte allein und war das einzige Opfer seiner Launen. Aber wenn er eine Familie gehabt hätte? Er war überzeugt, daß dann nicht mehr nur er allein unter sich zu leiden hätte; unter den Launen und Mißstimmungen, die aufgrund seiner idyllischen Harmonielehre in seinen Songs nie zu hören waren. Seine Lieder gaben das Melodiöse wieder, das Stimmige, nicht aber das Gereizte, das Verstimmte, die Töne eines ungestimmten Instruments oder die Laute eines Sängers, wenn er nicht gut bei Stimme war. Die Theorie zielte auf eine bestimmte Tagesform ab, nicht aber auf die Verformungen des Alltags.

Lukas wollte lieber ein guter Onkel sein für die Kinder, die um ihn herum waren. Vielleicht konnte so ein Onkel auch ganz nützlich sein, wenn man mit den Eltern Probleme hatte. Das würde ihm außerdem seine Objektivität bewahren, durch die seinem Denken oftmals ganz brauchbare Ratschläge erwuchsen.

»Allein in deinen vier Wänden. Das kann doch nicht alles sein!«

Wieder hörte er Richards Stimme und begann, an dem eben Gedachten zu zweifeln. Ja, da war noch etwas, das sich wie ein entfernter Traum anhörte und nach Wiesen und Blumen und sanfter Haut duftete. War er wirklich nie geliebt worden und hatte auch nie geliebt? Lohnte es überhaupt, darüber nachzudenken? Er hatte sich damit abgefunden, allein zu bleiben, glaubte sich manchmal gar geboren, um allein zu sein, und war sich sicher, daß er auch alleine glücklich sein konnte; daß es doch zumindest besser war, als zu zweit unglücklich zu sein; daß er---

»Daß du ein ganz blöder Affe bist!«

Welch nachhaltigen Eindruck das Erlebnis mit Andrea und ihrer Freundin im Schwimmbad in ihm hinterlassen haben mußte! Es hatte lange gedauert, bis er es wagte, erneut auf ein Mädchen zuzugehen. Viele Jahre; Jahre des Denkens, der Verirrung, der Einsamkeit, aber auch Jahre der Reife und der Erkenntnis. Aber hatte er diese Zeit wirklich nur geistig überbrückt? Hatte er all diese Jahre mutlos und verschüchtert in seinem Zimmer zugebracht, als sinnlos abgeschrieben, ohne es noch einmal zu versuchen, ein Mädchen kennenzulernen?

Es gab eine Jugendzeitschrift, die er hin und wieder kaufte, und darin fand sich auf der vorletzten Seite die Rubrik *Schreib mal!* Das erschien ihm wie eine an ihn gerichtete Aufforderung. Es war unverfänglich; er mußte nicht sprechen, konnte all seine Gedanken ungekürzt mitteilen, und wenn ihm ein Absatz nicht gefiel, konnte er die Seite nochmals schreiben.

So begann seine Brieffreundschaft mit Nadine. Sie wohnte in Stuttgart und war dreizehn Jahre alt, etwa ein halbes Jahr jünger als Lukas. Anfangs schrieben sie sich jede Woche, und ihre Briefe handelten von der Schule, von ihren Haustieren, von Hobbys und alltäglichen Dingen.

Mit der Zeit wurden die Briefe intimer, und Nadine interessierte sich nicht mehr so sehr für Lukas' derzeitigen Berufswunsch oder seine Note in der letzten Englischschulaufgabe. Jetzt wollte sie wissen, ob er schon mal daran gedacht hatte, irgendwann eine Familie zu gründen. Als sie ihm Namensvorschläge für die Kinder nannte, die sie einmal haben wollte, wagte es auch Lukas, mehr und mehr ins Detail zu gehen. Gefühle begannen sich in ihm zu regen, Gefühle, die er gerne zärtlich genannt hätte, wäre da nicht die körperliche Erregung gewesen, die sich mit jedem Brief steigerte. Schließlich gestand ihm Nadine, sich ihn in verliebt zu haben, und Lukas schrieb zurück, daß er ebenso für sie empfand.

Jetzt erst wurde ihm klar, daß ihr Briefwechsel kaum etwas mit wahrer Liebe zu tun gehabt hatte, sondern vielmehr mit einer Phase der Pubertät. Lukas wollte das Gefühl seiner körperlichen Erregungen auskosten, und so tastete er sich mit jedem Brief ein Stück weiter vor in Nadines Intimsphäre, in ihre geheimen Wünsche, bis sie sich schließlich beide eingestanden, daß sie gerne miteinander schlafen würden. Mittlerweile währte ihre Brieffreundschaft eineinhalb Jahre, und sie schrieben sich dreimal in der Woche. Jeder Brief war ein neuer Höhepunkt, der nach mehr verlangte; nach Einzelheiten, nach phantasievollen Beschreibungen und nach Fotos in nicht mehr als Badehose und Bikini.

Das Seltsame an ihrem Briefwechsel war, daß die sexuellen Anspielungen nicht nur von Lukas, sondern in gleichem Maße auch von Nadine ausgingen. Lukas hatte in seiner Erziehung offenbar ein völlig falsches Bild von Mädchen vermittelt bekommen. Mädchen, so hatte es da geheißen, hätten nie Lust auf Sex, weil Sex für Mädchen etwas Schmutziges sei; sie würden beim Akt nur stumm daliegen und die Triebhaftigkeit der Jungen widerwillig über sich ergehen lassen. Um so mehr erstaunte es ihn, daß auch Nadine offen zugab, von seinen ausführlichen Schilderungen jedesmal aufs neue erregt zu werden.

Eines Abends rief sie ihn unerwartet an. Sie hatte mehrere Bilder von ihm, sie wußte, was er fühlte und dachte, nun wollte sie endlich seine Stimme hören.

»Hallo, Lukas, hier ist Nadine... Nadine aus Stuttgart!«

»Ähm... Na-Nadine? Ähm...«

»Da staunst du, was? Ich wollte nur wissen, wie's dir geht und... und was du so machst.«

»Ähm... nichts... im Mo-Moment nichts...«

»Das ist aber wenig!«

»...«

»Sag doch auch mal was!«

»Wa-Wa-Was... was soll ich denn sagen? Ich meine, ich... ich hab... hab gerade f-f-ferngesehen.«

»Stör ich?«

»Nein... Ich, ich b-b-bin nur... überrascht...«

Damit hatte er nicht gerechnet. Plötzlich war Nadine kein Ereignis mehr, das dreimal in der Woche pünktlich genau eintraf, sondern etwas Unvorhergesehenes. Ihr Anruf war eine Ursache, und seine Antworten würden eine Wirkung hervorrufen; die Art, wie er auf sie wirkte, würde die Folgen beeinflussen. Die Folgen standen bisher immer nur auf einem anderen Blatt. Jetzt aber gab es nichts zu schreiben, und er hatte ebensowenig die Zeit, auch nur annähernd soviel zu überlegen, wie Nadine es ihm beim Sprechen war.

Die Brieffreundschaft hielt noch einige Wochen an. Dann erklärte Nadine, sie würde ihm nicht mehr schreiben, da sie sich in einen Jungen aus ihrer Klasse namens Hermann verliebt habe.

Ob das der wahre Grund war? Lukas hatte den alten Schuhkarton hervorgekramt und las die letzten Briefe noch einmal durch. Sie waren geordnet und gebündelt, und darüber hinaus hatte er sich damals schon als angehender Jungschriftsteller von jedem privaten Schreiben eine Abschrift angefertigt. Dadurch war es ihm möglich, die Entwicklung der Brieffreundschaft mit Nadine besser zu verfolgen.

Er war sehr enttäuscht gewesen, als sie ihm in ihrem letzten Brief mitteilte, daß sie ihm nicht mehr schreiben wollte. Natürlich suchte er die Schuld bei sich selbst und fühlte sich wieder einmal als sprichwörtlicher Versager. Jetzt erst, fünfzehn Jahre später, erkannte er die wahren Gründe für das Ende ihrer Freundschaft, und sie waren klar zu lesen und dabei so einleuchtend.

Es war eine Beziehung gewesen, wenn auch auf Distanz, aber es war eine Beziehung, und sie hatte zwei Jahre gedauert. Sie bestand nur auf Papier, aber dafür um so offener und eindringlicher. Sie waren gedanklich miteinander ins Bett gegangen, hatten sich schriftlich aneinander festgehalten und in Worten geliebt. Zwei Jahre lang. Dann gab es plötzlich nichts mehr zu sagen, und es gab vor allem keine neuen Höhepunkte zu beschreiben. Die mußten sie von nun an selbst erleben. Nadine war ihm in ihrer Entwicklung sicherlich einen Schritt voraus und hatte gefühlt, daß dieses Erleben nur in der Realität stattfinden konnte. Mochte die Realität nun Hermann heißen oder Erwin oder ein Junge sein, dessen Namen sie noch gar nicht kannte; Lukas lebte dreihundert Kilometer von ihr entfernt, und sie waren zu jung, um sich heimlich zu treffen. Das war die Realität. Sie hieß nicht Lukas.

Unglücklicherweise fiel das Ende der Brieffreundschaft mit Nadine in die Zeit der Ehekrise seiner Eltern. Ohne sie zu verarbeiten, war er nach München gezogen, und sein Leben hatte sich grundlegend verändert. Eine neue Phase seines Denkens hatte begonnen, eine Phase der inneren Rebellion und der Schwermütigkeit, die sich aus der Suche nach einer Idealbeziehung ergab. Diese Idealbeziehung jedoch fand er nur in seinen Träumen, in denen er ein Mädchen im Arm hielt, zu dem er zärtlich sein durfte; das ihn verstand und seine Gedanken erriet, indem er nur lächelte, und das sich geborgen fühlte bei ihm und seinen Songs.

Dieses Mädchen gab es nicht. Er hatte bald aufgehört, danach zu suchen. Er vergrub sich in seinen Liedern und wollte von der Realität nichts wissen, weil sie sich, wie er glaubte, in Discotheken und auf Top-Ten-Listen abspielte, und zu dieser Welt konnte und wollte er nicht gehören. Er war außerdem genug damit beschäftigt, sich in der Realität seiner Ausbildung und allem, was damit zusammenhing, zurechtzufinden. Inmitten des Postalltags und darüber hinaus geprägt von seinen Jugenderlebnissen schob er den Gedanken, sich wirklich nach einem Mädchen umzusehen, weit von sich.

Erst der Stammtisch, den er im dritten Lehrjahr mit Michael, Richard und Günter in einer kleinen Kneipe in der Nähe des *Iban* gegründet hatte, ließ ihn wieder für eine Weile hoffen. Richard hatte kurz vorher seine Freundin Martina kennengelernt, die regelmäßig bei den Treffen dabei war. Martina wohnte in einem Mädchenwohnheim, und eines Abends brachte sie ihre Zimmerkollegin Elaine mit. Elaine hatte die Hälfte ihres Lebens in Amerika verbracht. Sie war zweisprachig aufgewachsen, denn ihre Mutter war mit einem Amerikaner verheiratet. Lukas fand sofort Gefallen an dem Mädchen mit dem bezaubernden Lächeln und der netten Ausstrahlung. Und die Tatsache, daß Elaine seine zweite Sprache verstand, ermöglichte es ihm, unverkrampft mit ihr ins Gespräch zu kommen. Obwohl sie perfekt deutsch sprach, überredete Lukas sie gleich am ersten Abend, sich mit ihm auf englisch zu unterhalten. Lächelnd willigte sie ein.

Lukas' Sprachfehler war in diesen Stunden praktisch nicht vorhanden. Wenn er einen Hänger befürchten mußte, tat er, als würde ihm die Vokabel nicht einfallen. Elaine half ihm weiter, und Lukas lächelte »Yeah, that's right!« und später dann »That's right, dear!« und einmal sogar »I'm sorry, of course, my darling!«, und als Elaine ihm mit einem »You're a real sweetheart!« antwortete, grinste er ihr schelmisch ins Gesicht und sagte: »Well, why not?«

Es war an einem der darauffolgenden Sonntage. Michael war wie gewohnt nach Hause gefahren, und Lukas hatte das Zimmer für sich allein. Im gesamten Wohnheim herrschte eine angenehme Ruhe. Die wenigen Jungen, die an den Sommerwochenenden nicht heimfuhren, gingen entweder ins Freibad oder an die Isar. Bettina verbrachte das Wochenende in ihrer Pasinger Wohnung, und Matthias, der den Wochenenddienst übernommen hatte, war mit ein paar befreundeten Gruppenhelfern zu einer Fahrradtour aufgebrochen.

Die beiden waren ganz allein. Lukas wähnte sich am Ziel einer langen Irrfahrt, als er es endlich wagte, Elaine zu berühren, zu streicheln und zu liebkosen. Aus einem kleinen, billigen Mono-Cassettenrecorder ertönte Kristoffersons *Loving Her Was Easier Than Anything I'll Ever Do Again – Sie zu lieben war einfacher als alles, was ich jemals wieder tun werde*. Elaine erwiderte die Zärtlichkeiten, die ihr entgegengebracht wurden, und die sanfte Ballade wirkte kein zweites Mal, weder vorher noch nachher, so lebendig wie an jenem Sonntagnachmittag.

»Du hast Elaine sehr gemocht, nicht wahr?« fragte Richard. »Warum hat es eigentlich nicht geklappt mit euch beiden?«

»K-K-Keine Ahnung. Wahrscheinlich, weil wir... weil wir irgendwie zu verschieden waren. Dachte, sie ist Amerikanerin, sie versteht meine Songs, also müßte sie sie auch mögen. Wa-War aber nicht so. Und bei den anderen p-p-p..., bei den anderen drei oder vier Mädchen war's genauso. Bin nun mal schwierig und k-k-kein Mensch der Masse.«

»Könntest du das nicht ein wenig ändern? Ich meine, wenn du willst, daß jemand auf dich zugeht, dann mußt du auch von dir aus ein wenig offener werden.«

»Ich weiß. Aber damals konnte ich das nicht. Und heute ist es zu spät.«

»Zu spät?«

»Ich h-h-hab einfach Angst, dann nicht mehr ich selbst zu sein. Das Leben hat mich ge-geprägt und zu dem gemacht, was ich bin. W-Wenn ich das ändere, was ist dann mit mir?«

»Aber wie kannst du glücklich sein, wenn du, ausgerechnet du, dein Leben lang allein bleibst?«

»Ach, ich glaube, ich bin g-g-glücklicher, als du denkst. Glücklicher jedenfalls als mancher mit Frau und d-d-drei Kindern. Denn ich hab meine Gedanken, meine Musik, meine Gitarre und mich. Darauf kann ich mich immer verlassen, weil bei mir nie die G-G-Gefahr besteht, daß mich jemand verläßt.« Er lächelte. »Ich mach mir k-k-keine Sorgen, mit wem ich mir eine Flasche P-P-Prosecco teile. Ich trink sie lieber allein, laß mich davon berauschen und schreib einen Song über das, was ich in Gedanken vor mir sehe.«

Richard schüttelte den Kopf. »Dann kann ich dir auch nicht helfen!«

»Nein«, sagte Lukas und lächelte wieder. »Aber ich vielleicht dir.«

Richard versuchte es noch einmal und sagte: »...dein Leben hat doch keinerlei Höhepunkte. Es plätschert alles einfach so dahin. Ich versteh nicht, wie du so leben kannst.«

»Höhepunkte? S-S-Sei doch mal ehrlich, die hattet ihr doch auch schon lange nicht mehr, du und M-M-Martina. Was mich betrifft, ich hab genügend Höhepunkte. K-K-Klar, für dich sind das keine, aber für mich. Und w-w-wenn ich so zurückdenke, dann waren das schon fast mehr als genug. Ich hab sie damals nur nicht als solche erkannt. Und manche... manche waren ja beinahe Höhenflüge...«

14. Kapitel

Weitergeschrieben,
dabei immer an sich selbst gearbeitet

Dem erst elfjährigen Lukas Blessing ist es gelungen, eine ausgezeichnete Westernstory zu schreiben. Mit dieser Story hat er sehr viele Freunde gewonnen. Auch unserem Klassenlehrer, Herrn Norden, hat sie sehr gut gefallen. Dieser hat dann den Rektor überredet, die Story in unserer Schule zu veröffentlichen, denn sie kann auch sehr gut für den Deutschunterricht verwendet werden. Der junge Autor Lukas Blessing arbeitet mittlerweile schon wieder an einem neuen Roman und möchte vielleicht Schriftsteller werden. Die ganze Klasse 5a hat bei dieser Westerngeschichte mitgewirkt, denn Bilder mußten gemalt und die Bücher gebunden werden. Durch die gemeinsame Arbeit an unserem Büchlein wuchs die ganze Klasse zusammen. Die Klasse 5a ist stolz auf ihren Mitschüler. – Regine Meier, Ursula Mirwald, Viktoria Suttner, Karola Wagmüller.«*

Lukas hielt das blaue Büchlein in der Hand und blätterte es durch. Er überflog einige Absätze und blickte auf die Zeichnungen seiner damaligen Mitschüler. Als er das Nachwort las, das vier Mädchen aus seiner Klasse geschrieben hatten, mußte er lächeln. War das wirklich so gewesen? Hatte er Freunde gewonnen durch seine erste Veröffentlichung?

Zumindest war das fünfte Schuljahr das mit Abstand beste in seinem Schülerleben gewesen. Und das lag nicht nur an der Erzählung, die er damals geschrieben hatte. Es war vor allem die Tatsache, daß er in seinem Klassenleiter jemanden gefunden hatte, der sein Talent erkannte, der ihn ermutigte, weiterzuschreiben, und anhand seiner schriftlichen Fähigkeiten den Deutschunterricht gestaltete. Lukas lebte unter der Führung von Herrn Norden sichtlich auf. Im zweiten Halbjahr war er sogar zum Klassensprecher gewählt worden, und er hatte seinen festen Platz innerhalb der Klassengemeinschaft. Er konnte sich beim besten Willen nicht daran erinnern, daß er in diesem Jahr jemals Probleme mit seinem Sprachfehler gehabt hätte. Sicherlich war sein Stottern nicht vollkommen verschwunden; seine Schulkameraden aber achteten nicht darauf, weil er sich mit Fähigkeiten in den Unterricht einbrachte, die sie nicht besaßen.

Am Montag endete der Vormittagsunterricht bereits um halb

zwölf. Gleich nach dem Mittagessen machte Lukas sich daran, ein aktuelles, zumeist witziges Lied auswendig zu lernen, das er tags zuvor im Radio gehört und auf Cassette aufgenommen hatte. Nachmittags standen nochmals zwei Stunden bei Herrn Norden auf dem Stundenplan, und in der Zwischenpause trug Lukas Woche für Woche das kurz zuvor einstudierte Lied vor; allein, ohne Instrument, ohne Begleitung, nur Lukas, stehend vor seinen Mitschülern und Herrn Norden.

Dann kam seine Westerngeschichte *Komantschen und Banditen*, in einer Auflage von achtzig Stück gedruckt, von seinen Mitschülern mit Zeichnungen versehen und im Bastelunterricht gebunden. Jeder seiner Klasse sowie alle Lehrer der Hauptschule Felswappen erhielten ein Exemplar.

Am Ende des Schuljahres ging Herr Norden an eine andere Schule, weg von Felswappen. Den Kontakt mit Lukas hielt er in Briefen aufrecht. Lukas schickte ihm seine neuesten Arbeiten, und Herr Norden sandte sie ihm, mit Anmerkungen und Verbesserungsvorschlägen versehen, zurück. Bald darauf war er von Lukas' Talent so überzeugt, daß er die Vermittlerrolle übernahm und seine Erzählungen an verschiedene Kinderbuchverlage weiterleitete. Einmal hatte er das Glück, eine von Lukas' Abenteuergeschichten in einem Schülermagazin unterzubringen. Herrn Nordens Bemühungen, Lukas zu fördern, hielten noch mehrere Jahre an. Irgendwann hatte Lukas erkannt, daß er zu alt war für einen Fürsprecher, und er begann, seine Arbeiten selbst an die Verlage zu senden.

Wie wichtig Herr Norden für ihn doch gewesen war! Lukas wollte sich gar nicht vorstellen, wie sein weiteres Leben ohne jene frühe Förderung verlaufen wäre. Vielleicht, so kam es ihm in den Sinn, hätte er den Bleistift bereits nach den Abenteuern des Bären Bumbum aus der Hand gelegt.

Er hatte weitergeschrieben, und die folgenden Jahre waren geprägt von großen Hoffnungen, hochgesteckten Zielen und tiefen Niederlagen. Sein Aktenordner *Schriftverkehr* wuchs und wuchs, und er hätte ihn genausogut mit *Absagen* beschriften können. Im Nachhinein wunderte er sich über seine Hartnäckigkeit und die Tatsache, daß er das Schreiben nie aufgegeben hatte; daß ihm vielmehr jede noch so große Enttäuschung ein Ansporn war, weiterzuschreiben. Mittlerweile hatte er sich in jedem Genre versucht, hatte Kurzgeschichten,

Songs und auch Drehbücher geschrieben und betrachtete vor allem das Medium *Film* als eine Möglichkeit, seine Gefühle und Empfindungen auf neue Art und Weise zum Ausdruck zu bringen.

In *Billy Dee*, einem seiner Lieblingssongs, erzählte Kris Kristofferson die Geschichte eines Jungen, der auf der Suche nach sich selbst an Drogen geriet und dabei zugrundeging. Besonders Zeilen wie »*The world he saw was sadder than the one he hoped to find – Die Welt, die er sah, war trauriger als jene, die er zu finden hoffte*« oder »*Busy going his own way and speaking his own words – Eifrig ging er seinen eigenen Weg und sprach seine eigene Sprache*« waren es, in denen sich Lukas wiederfand. Als er im dritten Lehrjahr seiner Ausbildung war und genügend eigenen Stoff zu verarbeiten hatte, verwendete er jenes Lied als Grundlage für sein erstes Spielfilm-Drehbuch *Irgendwo, weit weg – allein*. Lukas nahm zwar keine harten Drogen, doch war er durch Nikotin und Alkohol bereits so sehr an legale Suchtmittel gewöhnt, daß es ihm nicht schwerfiel, sich in die Rolle von Billy Dee zu versetzen. Und den Gedanken an den Tod hatte er ohnehin schon oft genug durchgespielt.

Wieder kamen nur Absagen von allen Fernsehsendern, an die er sein Drehbuch geschickt hatte. Da fiel ihm sein ehemaliger Klassenleiter ein, der ihm bereits vor Jahren vorgeschlagen hatte, es einmal beim Bayerischen Rundfunk zu versuchen.

»Da gibt es die Abteilung *Schulfunk*«, hatte Herr Norden gesagt, »und der Leiter ist der Schauspieler Willy Semmelrogge. Den kennst du sicher aus dem *Tatort* und aus den *Vorstadtkrokodilen*.«

Lukas schrieb einen Brief an Willy Semmelrogge, in dem er ihm von seiner verfehlten Ausbildung und seinen wahren Berufswünschen berichtete. Was dann geschah, erstaunte ihn jetzt, dreizehn Jahre später, noch um einiges mehr als damals. Willy Semmelrogge, der bekannte Film- und Fernsehschauspieler, lud ihn, Lukas Blessing, einen mit Komplexen und Ängsten überladenen und darüber hinaus völlig unbegabten Auszubildenden, zu einem Gespräch in sein Büro im Bayerischen Rundfunk ein.

Lukas mußte lachen, als er daran dachte, wie er sich eigens für diesen Besuch ein Smokinghemd für hundert Mark gekauft hatte. Nervös und verschüchtert stand er tags darauf im Vorzimmer, und die Sekretärin sagte: »Gehen Sie nur rein, Herr Blessing. Herr Semmelrogge wartet schon auf Sie.«

Wenig später saß er ihm gegenüber und hörte seinen Ausführungen zu über die Tatsache, wie schwer es sei, beim Fernsehen Fuß zu fassen. Dann wollte er Lukas' Arbeiten sehen, die er mitgebracht hatte, und Lukas kramte in seiner Aktenmappe und reichte ihm sein Drehbuch sowie einige Theaterstücke. Eines davon war ein bayerisches Volksstück mit dem Titel *Wolkenbruch und Sonnenschein*. Willy Semmelrogge blätterte darin und sagte lachend: »Na, Sie gehn ja ganz schön ran an die Buletten!«

»Wir proben das Stück gerade«, sagte Lukas, und er dachte gar nicht daran, zu stottern. »Mit Freunden bei mir zu Hause in Felswappen. Ich führe Regie. Es läuft ganz gut.«

»Das kann ich mir denken. Ich finde das ja immer toll, wenn junge Leute kreativ sind. Das ist auch der Grund, weshalb ich jeden jungen Menschen, der mir schreibt, zu mir einlade. Soweit ich dazu Zeit habe, versteht sich. Ich kann Ihnen natürlich keine Arbeit beim Bayerischen Rundfunk verschaffen, und ich glaube auch kaum, daß Sie deswegen gekommen sind. Aber ich würde mir gerne mal das Drehbuch hier, wie heißt es doch, *Irgendwo, weit weg – allein*, das würde ich mir gerne mal in Ruhe durchlesen. Sie kriegen es natürlich wieder zurück. Und mit dem Volksstück, da bringe ich Sie am besten gleich zu Dr. Becker hinüber. Der ist dafür zuständig...«

Als Lukas eine halbe Stunde später das Rundfunkgebäude verließ, war er sehr glücklich über das, was er erreicht hatte. Er hatte Willy Semmelrogge kennengelernt und ein Drehbuch bei ihm abgeliefert, war mit ihm durch das Haus gegangen und zufällig dem Volksschauspieler Gustl Bayrhammer begegnet, der ihn gegrüßt und ihm die Hand geschüttelt hatte. Und er hatte ein Volksstück bei Dr. Becker, dem dafür zuständigen Abteilungsleiter, abgegeben. Das Wichtigste an diesem Besuch aber war die Hoffnung, die er mit einem Mal besaß; jene Hoffnung, die ihn antrieb und seine verhaßte Ausbildung ein Stück weit in den Hintergrund drängte. Bis ihn die Realität wieder einmal einholte.

»*Arbeiten Sie an sich selbst*«, hieß es in Dr. Beckers Absageschreiben, »*Sie sind ja gottlob noch sehr jung. Für eine Bearbeitung Ihres Stückes in unserem Hause sehen wir jedenfalls keine Möglichkeit...*«

Lukas hatte das Stück mittlerweile in Felswappen aufgeführt, und mit Erfolg, wie er fand, denn alle drei Vorstellungen waren ausverkauft gewesen. Er verstand die Absage nicht, er weigerte sich, sie zu verstehen und zu akzeptieren. So setzte er all seine Hoffnungen in das Drehbuch.

Es war ein halbes Jahr später, als einer der Jungen aus seiner Einheit in der Kaffeepause die Tageszeitung aufschlug. Lukas saß ihm gegenüber, und als er die Schlagzeile las, fiel ihm die Zigarette aus der Hand. »*Herzinfarkt! TV-Star Willy Semmelrogge tot!*« stand da in großen Buchstaben, und seine Kollegen witzelten: »Der wird wohl dein Drehbuch gelesen haben und tot vom Stuhl gefallen sein...«

Lukas' Depressionen nahmen zu und mit ihnen sein Alkohol- und Nikotinkonsum. Vor allem Michael war es, der die immer länger anhaltenden Phasen seiner Trübsinnigkeit bemerkte. Eines Abends sprach er ihn darauf an, und Lukas gestand ihm, daß er in letzter Zeit wieder mehrmals daran gedacht hatte, sich das Leben zu nehmen. Michael war bestürzt über Lukas' unbekümmerten Tonfall, und als all seine Versuche, ihn ein wenig aufzumuntern, erfolglos blieben, wandte er sich hilfesuchend an Bettina. Und Bettina hatte eine Idee.

Jedes Jahr probte die hauseigene Theatergruppe im *Iban* ein neues Volksstück ein, das zu bestimmten Anlässen in der Turnhalle sowie später in verschiedenen Altenheimen gespielt werden sollte. Bettina wußte, daß für die diesjährige Saison noch Mitspieler gesucht wurden. Ohne an seinen Sprachfehler zu denken, schlug sie Lukas als neues Ensemblemitglied vor. Lukas zögerte anfangs, doch als er sah, daß die Rolle, für die man ihn vorgesehen hatte, die witzigste des Stücks war, sagte er zu. Er liebte die Rolle des redegewandten und immer lustigen *Kilian*, weil sie so gar nicht seinem Naturell entsprach und er sich wunderbar dahinter verstecken konnte. Und sie verlangte von ihm, endlich einmal aus sich herauszugehen und seine Stimme laut und deutlich werden zu lassen.

Lukas stotterte kein einziges Mal, bei keiner der über zwanzig Aufführungen, und er bekam von allen Seiten Lob. Nicht nur Michael, Günter und Richard, auch die anderen aus seiner Gruppe waren stolz auf ihn, und er erkannte wieder einmal, wie wichtig die Zeit im *Iban* für ihn war. Jetzt wurde er manchmal richtig wehmütig bei dem Gedanken, daß die Lehrzeit dem Ende zuging und sie alle über kurz oder lang aus dem *Iban* ausziehen würden.

Lukas dachte gar nicht daran, nach Hause zurückzukehren. Die Post würde ihn nach seiner Ausbildung übernehmen, das war ihnen zugesichert worden, und auch wenn er sich mehr denn je nach einer sinnvollen Beschäftigung sehnte, erschien es ihm gar nicht so abwegig, für eine Weile als Fernmeldehandwerker sein Geld zu verdienen. Zumindest sah er darin eine Möglichkeit, finanziell auch weiterhin unabhängig von seinen Eltern zu sein. Außerdem hatte er sich so sehr an die Großstadt gewöhnt, an die Vorzüge, die sie ihm allein mit ihren vielen Schallplatten- und Bücherläden bot, daß er sich ein Leben in Felswappen gar nicht mehr vorstellen konnte.

Am liebsten wäre es ihm gewesen, im *Iban* bleiben zu können, doch leider nahm das Wohnheim nur Lehrlinge auf. Mittlerweile hatte er durch das Theaterspielen auch in anderen Wohngruppen Freunde gefunden. Es graute ihm davor, in ein Postwohnheim für Erwachsene zu ziehen und dadurch seine wohlvertraute Umgebung hinter sich zu lassen. Doch es gab eine Möglichkeit, für weitere zwanzig Monate im *Iban* zu wohnen und obendrein der Post für diese Zeit den Rücken zu kehren.

Und so begann Lukas kurz nach Beendigung seiner Lehre, im *Haus der Ibanezer* seinen Zivildienst abzuleisten. Er wurde vorwiegend in der Buchhaltung eingesetzt, erledigte aber auch Gartenarbeiten oder übernahm in der großen Heimküche den Spüldienst. Die einzige Arbeit, die er anfangs ablehnte, war der tägliche Telefon- und Pfortendienst. Dann ergab es sich, daß er eines Abends für einen seiner Zivi-Kollegen einspringen mußte, weil dieser mit Grippe im Bett lag und kein anderer Kollege zur Verfügung stand. Es gelang ihm, sämtliche Telefongespräche fehlerlos zu führen. Ob er sich hinsichtlich seines Sprachproblems immer noch zu wenig zugetraut hatte? Oder lag es daran, weil er sich in einer langanhaltenden Phase der emotionalen Ausgeglichenheit befand? Seine verhaßte Ausbildung war beendet, die Kollegen aus seiner Einheit konnten ihm nichts mehr anhaben, seinen Alkoholkonsum hatte er – ohne Vorsatz – eingeschränkt, und die Stimme seines Vaters war zu einem fernen Flüstern geworden.

Seine eigene Stimme jedoch wurde immer sicherer und melodiöser, als er fortan dreimal in der Woche den Telefondienst übernahm. Darüber hinaus blieb er weiterhin der Theatergruppe treu, und die ursprüngliche Angst vor einem Auftritt wich zunehmend der Erwartung auf die nächste Szene, in der er wieder auf der Bühne stand.

Auch seine Eltern kamen zu einer der Vorstellungen, und seine Mutter sagte anschließend: »Gut hast du gespielt, Lukas, wir sind sehr stolz auf dich!«

Lukas nahm sie zur Seite und fragte: »Ja? Und was hat Papa gesagt? Hat's ihm auch gefallen?«

»Der war ganz weg, sag ich dir! Bei jeder Gelegenheit hat er sich auf die Schenkel geklopft und gesagt: *Wie der Gustl Bayrhammer! Wie der Gustl Bayrhammer!*«

Lukas konnte sich das gar nicht vorstellen. Sein Vater war stolz auf ihn gewesen! Das war etwas Neues. Hatte er das wirklich gesagt? Warum schaffte er es dann nicht, ihm das selbst zu sagen? War das so schwer?

Andererseits: Hatte Lukas jemals auch nur ein Wort des Lobes für seinen Vater übriggehabt; für die Arbeit und die Mühe, die es ihn gekostet hatte, seiner Familie ein Haus zu bauen, für sie zu sorgen und deshalb auf jeden Urlaub zu verzichten? War es nicht endlich an der Zeit, seinem Vater dankbar zu sein und sich einzugestehen, daß ihre jahrelange gedankliche Ablehnung, die sie füreinander empfunden hatten, keine Mißachtung der Personen war, sondern eine Konsequenz der Unfähigkeit, miteinander zu reden?

Zum ersten Mal empfand Lukas Mitleid mit seinem Vater. Er spürte plötzlich, wie einsam sein Vater im Innersten sein mußte, und er bedauerte ihn, weil er keine Möglichkeit hatte, sich zu äußern.

»Da hat man vier Kinder in die Welt gesetzt«, hörte er ihn mit sich selbst sprechen, »und jetzt, wo wir alt werden, wo wir sie vielleicht bald brauchen, jetzt hilft uns keiner...«

Keiner beachtete das Haus, das er gebaut hatte, keiner fand die Fliesen des neuen Badezimmers so schön gelegt, daß er ihm deshalb anerkennend auf den Rücken geklopft hätte. Niemand wollte in sein Lebenswerk einziehen; niemand verstand die Mühe und die Entbehrungen, die damit zusammenhingen. Stein auf Stein, Wort auf Wort; Raum um Raum, Vers um Vers; wie ähnlich ihre Leiden waren, wenn man die Wunden offen genug betrachtete.

Wenn er nur damals schon so gedacht hätte, so abwägend und beide Seiten gleichermaßen ins Auge fassend. Aber das war wohl zuviel verlangt von einem knapp Zwanzigjährigen, mochte er nun Billy Dee oder Lukas Blessing heißen. Er trug die Konflikte stets in Gedanken mit sich selbst aus und stellte sich Dialoge vor, Dialoge positiver wie auch negativer Art, in denen er sich mit seinem Vater unterhielt; manchmal versöhnlich, wie in einem guten Vater-Sohn-

114

Gespräch, und dann wieder kämpferisch und unnachgiebig auf beiden Seiten, dabei jeden Satz seines Vaters im voraus ahnend. Hin und wieder lief er gedanklich von zu Hause fort, und sein Vater jagte ihm hinterher, doch er konnte ihn nie einholen, denn in Gedanken war Lukas immer schon schneller gewesen. Seine imaginäre Flucht endete meist im Gasthaus Schramm, bei Gerda, die ihm zuhörte, der er sich anvertrauen konnte und die ihm damals bei manchem Stammtischbesuch vieles von dem vorhergesagt hatte, was er nun einzusehen begann.

Und noch eines wurde ihm mit einem Mal klar: Die oberflächliche Ablehnung seines Vaters hatte nicht nur seine Ausflüchte zur Folge, sondern veranlaßte ihn zugleich, nach einer Ersatzfigur zu suchen. Diesen geistigen Vater hatte er gefunden, und er nannte ihn *The Father Of The Spirit*. Er hatte Lukas' Erziehung, sein Denken und seine Art zu handeln mehr beeinflußt, als es seinem richtigen Vater vergönnt war.

Lukas lehnte sich zurück, schloß die Augen und lächelte. Wieder einmal dachte er an Österreich, an neue Freundschaften, an einen Bus, der plötzlich vor ihm hielt; an die schönste Woche seines Lebens.

15. Kapitel

Du warst wunderbar,
inmitten all der Herzlichkeit
und einer Unmenge von Papier

Lukas legte eine Cassette ein. Es waren Live-Aufnahmen, die er selbst mitgeschnitten hatte, vor genau acht Jahren, als er Kris Kristofferson zum ersten Mal in einem Konzert bewundern konnte. Als er den ersten Song hörte, dachte er an den Traum, den er damals in der Nacht davor gehabt hatte. Das Lied war neu gewesen, bislang unveröffentlicht, inhaltlich politisch und sehr aktuell. Lukas konnte es noch nicht gehört haben, und doch war es ihm so bekannt vorgekommen. Später wurde ihm bewußt, daß er die Melodie dieses Songs in der Nacht vor seinem ersten Kris Kristofferson-Konzert geträumt hatte.

Kris und seine Band hatten an jenem Abend noch ein halbes Dutzend weitere neue Songs gespielt, und Lukas war froh, daß er den kleinen Cassettenrecorder in die Innentasche seiner Lederjacke gesteckt hatte. Er wußte, daß Raub-Mitschnitte verboten waren, doch er hatte Glück; keinem der Ordnungskräfte fiel die Beule an seiner Jacke auf.

Zu Hause hörte er sich die Cassette immer und immer wieder an, und mit der Zeit konnte er die Texte der neuen Songs auswendig. Zwei Jahre später war die nächste Tournee angesagt. Es war üblich, bei dieser Gelegenheit eine neue Schallplatte vorzustellen. Wie Lukas später erfuhr, hatte Kris Probleme mit seiner Plattenfirma, und der Erscheinungstermin wurde um ein halbes Jahr hinausgezögert. Die Tournee durch Österreich jedoch war fest gebucht und konnte nicht verschoben werden.

Lukas nahm sich eine Woche Urlaub und lieh sich Marias Fiat Panda aus. Damit fuhr er von Dornbirn im Westen bis nach Mönchhof am Neusiedler See. Er erlebte sechs großartige Konzerte und Abend für Abend etwas Neues, etwas Ungewöhnliches, etwas, das er nie für möglich gehalten hätte.

Bei jedem Konzert stand er dichtgedrängt vor der Bühne, um Kris und seiner Band so nah wie möglich zu sein. Gleich am ersten Abend schaffte er es, Kristoffersons Aufmerksamkeit zu erregen. Lukas sang bei jedem Song leise mit, und Kris stand gut einen Meter über ihm auf der Bühne und bemerkte hin und wieder seine Lippenbewegungen. Allmählich begann er sich zu wundern, woher Lukas selbst jene Lieder kannte, die es noch gar nicht auf Platte gab.

Und plötzlich, in einer Gesangspause während des siebten oder achten Songs, grinste er Lukas ins Gesicht und rief am Mikrophon vorbei zu ihm hinab: »Hey man, how do you know all the words? – Hey, Mann, woher kennst du all die Texte?"

Lukas starrte zu ihm hinauf. Es dauerte eine Weile, bis er begriffen hatte, was geschehen war. Sein geistiger Vater, mit dem er bislang nur in Liedern und Gedanken kommunizieren konnte, hatte ihn wahrgenommen und zu ihm gesprochen. Lukas lächelte schüchtern zurück. Einige der Zuhörer neben ihm wandten ihre Köpfe und grinsten ebenfalls. Lukas fühlte, wie er errötete, wie er innerlich glühte bei all dem Glück, das ihm widerfuhr. Und Kris Kristofferson blickte noch einmal zu ihm hin und nickte ihm lächelnd zu.

Zwei Stunden später stand er vor dem Foyer des Konzerthauses und tauschte Adressen aus. Er hatte zwei junge Österreicher kennengelernt, die ebenfalls große Fans von Kris Kristofferson waren.

»Wollen wir noch ein Bier trinken gehen?« fragte Lukas.

Die beiden kamen nicht mehr dazu, ihm zu antworten. Kristoffersons Tourneebus bog aus der Seitenstraße um das Konzerthaus und fuhr langsam an ihnen vorbei. Alle drei blickten gebannt durch die Fensterscheiben und hofften, Kris noch einmal zu entdecken. Einige Mitglieder seiner Band winkten und lachten ihnen zu, und Lukas kam es so vor, als würden sie mit dem Finger auf ihn zeigen.

Plötzlich hielt der Bus, und die vordere Türe öffnete sich. Seit mehr als zehn Jahren bewunderte er diesen Menschen, er liebte ihn, kannte alle seine Songs auswendig, hatte manchmal sogar einen Gott in ihm gesehen und in sich selbst ein wertloses Nichts; und dieser Mensch hatte soeben den Bus anhalten lassen, um auszusteigen und Lukas die Hand zu schütteln. »Hey man«, grinste er ihn an, »you've been wonderful, thank you very much! – Hey, Mann, du warst wunderbar, vielen Dank!«

Und Lukas wagte es in knappen Worten, ihm zu sagen, wie sehr er ihn bewunderte, wieviel ihm seine Musik bedeutete, wie sehr ihm das Konzert gefallen hatte und daß er sich schon auf den morgigen Abend freute. »See you tomorrow in Mayrhofen, Kris!«

Es gab keine zweite Woche in Lukas' Leben, in der er fortwährend, Tag für Tag und Nacht für Nacht, so glücklich und innerlich so zufrieden und ausgeglichen gewesen wäre wie in jenen Tagen, in denen jeder Abend zu einem neuen Höhepunkt wurde und der Morgen um so fröhlicher begann.

Er schlief jede Nacht im Auto, stand morgens beizeiten auf, um weiterzufahren, und war immer schon mittags am nächsten Veranstaltungsort. Dort sah er den Roadies und den Mitgliedern der Band beim Ausladen der Musikanlage und der Instrumente zu, und bereits am zweiten Tag fragte ihn Stephen Bruton, der Leadgitarrist, nach seinem Namen. Von da an wurde er, wann immer er einem der Musiker begegnete, mit einem freundlichen »Hello, Lukas!« gegrüßt. Besonders Billy Swan, der von Anfang an in Kristoffersons Band mitspielte und Mitte der siebziger Jahre mit *I Can Help* einen eigenen Hit feiern konnte, schüttelte ihm jedesmal lächelnd die Hand und sagte: »Hello, Lukas, nice to see you. How are you? – Hallo, Lukas, schön, dich zu sehen. Wie geht's dir?«

Lukas liebte die familiäre Atmosphäre, der er hier begegnete und zu der in nicht geringem Maße auch die Freundlichkeit der Österreicher beitrug. Er konnte sich an keinen Ort erinnern, an dem er von irgend jemandem verscheucht oder gefragt worden wäre, was er sechs Stunden vor Vorstellungsbeginn hier zu suchen hatte. Einige der örtlichen Veranstalter sperrten sogar nachmittags ihre Kassen auf, um ihm eine Eintrittskarte zu verkaufen.

Er mußte lächeln, als er an den Hausmeister der Turnhalle in Waidhofen dachte, in der eines der Konzerte stattfand. Es war gegen Mittag, als Lukas dort eintraf und mit ihm ins Gespräch kam.

»Du bist aber nicht von hier«, sagte der Hausmeister, »das hör ich an deinem Dialekt.«

»Nein, ich komme aus München«, antwortete Lukas.

»Dann bist du also derjenige, der dem Kristofferson überallhin nachfährt! Hab schon von dir gehört. Hast du denn eine Karte für heute abend?«

»Nein«, sagte Lukas.

»Dann komm mal mit!«

Lukas folgte ihm grinsend.

Wenig später ging er um das Gebäude und entdeckte die örtlichen Roadies bei ihrer Arbeit. Er beobachtete sie eine Weile, und schließlich kam einer der Männer auf ihn zu.

Gleich wird er mir sagen, daß ich mich fortscheren soll! dachte Lukas und wich einen Schritt zurück.

Als er sich jetzt daran zurückerinnerte, erschien es ihm immer noch wie ein Traum fernab der Realität. Er mußte in seinem Tagebuch nachblättern, um Gewißheit zu erlangen, daß er all dies wirklich erlebt hatte. Und er mußte lächeln, als er jene Zeilen las:

»*Ankunft Turnhalle in Waidhofen gegen 13.00 Uhr; Karte besorgt; sehe den örtlichen Roadies beim Ausladen der Anlage zu; einer der Männer erklärt mir, daß drei Leute nicht erschienen sind; bin kurz darauf selbst Roadie und erhalte Eintrittsgeld zurück; harter Job, nichts für schwache Kids; macht jedoch viel Spaß, beispielsweise den Baß von Tommy McClure herumzuschleppen; anschließend beim Soundcheck zugehört; Sandra, Frau des örtlichen Veranstalters, kennengelernt; sie sagt, Band möchte jetzt zum Essen in Lokal in der Innenstadt fahren, doch Busfahrer kennt den Weg nicht; Sandra und ich fahren daraufhin mit Fiat voraus, Bus von Kris' Band folgt uns; Sandra und ich wollen wieder zurück zur Turnhalle, doch Busfahrer sagt, er findet nicht zurück; ich sage, ich finde alleine auch nicht zurück; also bleiben wir beide beim Essen; Kris leider nicht dabei, ist wohl im Hotel; dennoch sehr aufregend, am Tisch neben Kris' Manager zu sitzen; am Nebentisch Billy Swan und Kris Jr., trinken Orangenlimonade; Stephen Bruton sitzt an meinem Tisch und nagt an kaltem Huhn, scheint ihm zu schmecken; ich trinke ein kleines Cola und wage es nicht, mich zu bewegen; Kris' Manager fordert mich auf, mitzuessen, doch ich bringe nichts hinunter; bin zu aufgeregt; abends Show; mitreißende Gefühle wie immer; trage Backstage-Ausweis und stehe als Ordner neben der Bühne; nebenbei mit Sandra geflirtet, ohne daß ihr Mann etwas merkt; anschließend bis 2.00 Uhr Bühne abgebaut; was für eine Nacht!*«

Was für eine Woche! Wie nah war er Kris Kristofferson gewesen, näher, als er es je für möglich gehalten hätte. Und wieviel Freundlichkeit, wieviel Herzlichkeit hatte er erfahren dürfen! Er hatte neue Freunde gefunden, mit denen er etwas gemeinsam hatte, was vorher für ihn undenkbar gewesen wäre. Freunde, die Kris ebenso schätzten, weil sie seine Lieder verstanden, seine Botschaften; weil sie von seinen Melodien genauso berührt wurden wie er. Und weil auch sie sich nach mehr Menschlichkeit sehnten, ein Verlangen, das Kris immer wieder in seinen Liedern zum Ausdruck brachte.

Noch einmal dachte er zurück an das letzte Konzert in Mönchhof am Neusiedler See. Er stand wie immer ganz vorne an der Bühne und blickte in die ehrlichen Augen jenes Mannes, der ihm freundlich zunickte und dabei sang: »The heart is all that matters in the end – Das Herz ist alles, worauf es am Ende ankommt.«

Bei der Zugabe, als Lukas bereits wehmütig an den Abschied dachte, an die Heimreise am anderen Morgen, da wurde es ihm wieder einmal bewußt, welch ein Antrieb Kristoffersons Texte in all den Jahren für ihn gewesen waren. Kris sang *To Beat The Devil* – *Den Teufel zu besiegen*, einen seiner ältesten Songs. Lukas hatte ihn länger nicht mehr gehört, und vielleicht war dies mit ein Grund, weshalb er dem zweiten Refrain um so ergriffener lauschte:

> »*I was born a lonely singer*
> *and I'm bound to die the same*
> Ich wurde als einsamer Sänger geboren
> und bin bestimmt, als solcher zu sterben
> *But I've gotta feed the hunger in my soul*
> Aber ich muß den Hunger meiner Seele stillen
> *And if I never have a nickel I won't ever die ashamed*
> Und wenn ich mittellos sterben sollte,
> werde ich mich nicht dafür schämen
> *'Cause I don't believe that no one wants to know*
> Denn ich glaube es einfach nicht,
> daß keiner davon etwas wissen will«

Lukas war müde geworden. Er ging ins Badezimmer, wusch sich das Gesicht mit kaltem Wasser und tupfte es mit einem Handtuch trocken. Für einen Moment dachte er zurück an eine Zeit, in der er bei dieser Gelegenheit hin und wieder in den Spiegel gespuckt hatte. Jetzt fand er, daß er eigentlich ein ganz nettes Gesicht hatte. Er betrachtete sich selbst und empfand Freude dabei. Darauf wäre er früher nie gekommen. Vielleicht sollte er öfter bis in die Morgenstunden aufbleiben.

Er kehrte ins Wohnzimmer zurück und erschrak über das Chaos, das er angerichtet hatte. Auf dem Tisch befand sich eine Unmenge von Papier und alten Briefen, und drumherum stapelten sich Tagebücher, Notizzettel, Kurzgeschichtensammlungen, Texthefte, Schallplatten, Cassettenhüllen, Drehbücher und Fotos; mittendrin Kaffeegeschirr, eine Zuckerdose, ein übervoller Aschenbecher, eine halb-leere, nein, eine halbvolle Whiskeylikörflasche sowie eine beinahe abgebrannte Kerze.

Lukas blieb an der Tür stehen und dachte an die letzte Szene aus dem Film *Die zwölf Geschworenen*. Es gab Parallelen dazu. Er hatte sich zu oft ohne Grund schuldig gefühlt und endlich selbst frei-gesprochen. Nun hatte keiner mehr etwas gegen ihn in der Hand. Er hatte aufgeräumt, indem er sich das Chaos seines Lebens vor Augen geführt hatte. Nun war es an der Zeit, die Dinge in die Hand zu nehmen und an ihren Platz zurückzustellen; so, wie er es in dieser Nacht gelernt hatte, sie zu betrachten. Aber das konnte bis morgen warten.

Morgen? Das war heute! Es war nach sechs Uhr, und draußen wurde es bereits hell. Noch einmal ging er ins Badezimmer, putzte sich die Zähne und wusch sein Gesicht. Wieder blickte er in den Spiegel, und er verzog den Mund zu einem Grinsen.

»Hallo du!« sagte er. »Nun bist du dreißig. Wird Zeit, daß du er-wachsen wirst. Und jetzt ab ins Bett!« Dann lachte er in sein Spiegel-bild.

16. Kapitel

Eine Nacht des Denkens,
um Neues zu lernen
über das Chaos in seinem Kopf
und über das Ziel seiner Reise

Lukas schlief sehr unruhig. Er träumte von der Hochzeit seines ältesten Bruders Friedrich. Die Gäste hatten sich vor der Kirche versammelt und zum Einzug aufgestellt. Lukas war aus irgendeinem Grund spät dran und begann, die letzten Meter bis zum Kirchenvorplatz zu laufen. Plötzlich wurde auf ihn geschossen, und er brach auf dem Gehweg zusammen. Er wußte nicht, wer auf ihn angelegt hatte. Aber das Schlimmste war, daß sich niemand um ihn kümmerte. Keinem der Gäste fiel es ein, sich zu ihm hinzuknien und ihm zu helfen. Die Kirchenglocken läuteten, und die Hochzeitsgesellschaft betrat langsam und feierlich die Kirche, während Lukas bewegungslos auf dem Bordstein lag. Man ließ ihn liegen, wo er war.

Ob das etwas mit Abnabelung zu tun hatte; mit einer Entbindung, die dreißig Jahre gedauert hatte? War das nicht ein positiver Traum, wenn er objektiv darüber nachdachte?

Dies war nicht alles, was er geträumt hatte. Da war auch ein Besuch bei seiner ehemaligen Ausbildungsstätte. Alle Kollegen aus seiner Einheit waren gekommen, und er hatte den Eindruck, als handelte es sich um eine Wiedersehensfeier. Lukas war nicht eingeladen worden, er kam zufällig vorbei. Wieder beachtete ihn keiner, als er durch die Reihen ging. Niemand schien ihn zu kennen, während er sich frei und unbeschwert mit Freunden aus anderen Einheiten unterhielt; mit Richard und Günter und den alten Freunden aus dem *Iban*.

Die letzte Episode seines Traumes war erfreulich und deprimierend zugleich. Seit mehr als drei Jahren wartete er bereits auf Kris Kristoffersons neues Album. Wie schon bei seiner letzten Platte war auch hier der Erscheinungstermin immer wieder verschoben worden. Lukas mochte gar nicht nachrechnen, wie oft er in den letzten Jahren die verschiedenen Plattenläden aufgesucht hatte; wie sehr die Hoffnung dabei mit jedem Mal abnahm und die Enttäuschung in gleichem Maße wuchs.

Vor einigen Wochen hatte er in einem Country-Magazin gelesen, daß die neue CD nun endlich in den Sommermonaten erscheinen würde. Sie sollte *A Moment Of Forever – Ein Moment der Ewigkeit* heißen, und von ihr hatte Lukas geträumt und sie im Traum in der Hand gehalten. Er konnte sich zwar nicht mehr an das Titelbild erinnern, doch hatte er den Schriftzug um so deutlicher vor Augen: *a moment of forever*, kursiv gedruckt, in weißer Schrift, und jedes Wort in kleinen Buchstaben. Nun ging der Sommer dem Ende zu, und Lukas fragte sich, wie lange es wohl noch bei einem Traum bleiben würde.

Er trank seine Kaffeetasse leer und blickte auf die Uhr. Es war schon nach Mittag und für frische Brezen viel zu spät. Doch er fühlte sich sehr hungrig und dachte plötzlich an ein großes Stück Torte. Er würde zur Bäckerei gehen und nach Lust und Laune aus all den Köstlichkeiten auswählen. Vorher wollte er duschen, um sich wohler zu fühlen und nach Seife duftend in den Tag hinauszutreten.

Als er unter dem warmen Wasserstrahl stand, fiel ihm ein, daß es noch gar nicht so lange her war, seitdem er das letzte Mal geduscht hatte. Wieder befühlte er die Mulde an seinem rechten Oberschenkel. Natürlich war sie noch da, und doch hatte sich in diesen wenigen Stunden so vieles verändert. Jetzt lag es an ihm selbst, diese gedanklichen Veränderungen auszuwerten, um zu einem neuen Gefühl für sich und sein Leben zu kommen.

Moment, wie war das? ... an ihm *selbst*... aus*zuwert*en... zu einem neuen *Gefühl*...

Lukas drehte das Wasser ab und zog den Duschvorhang zur Seite. Er stieg aus der Duschkabine, nahm das Handtuch und wischte über den beschlagenen Spiegel, bis er sein Gesicht sehen konnte.

»Hallo, Lukas!« rief er. »Alles Gute zum Geburtstag!«

Das klang nicht sehr überzeugend. Er würde viel üben müssen. Aber er war auf dem richtigen Weg, und so machte er sich kurze Zeit später auf zur Bäckerei. Wieder begann er zu überlegen, bei welcher der Verkäuferinnen er sich wie zu verhalten hatte und ertappte sich dabei, erneut in seine eingefahrenen Verhaltensmuster zu verfallen. Als er vor der verschlossenen Tür stand und das Urlaubsschild entdeckte, war er im ersten Moment erleichtert. Keine Auftakt-Halbsätze und keine Drumherum-Floskeln. Aber auch keine Torte.

Hatte er denn gar nichts gelernt? Er hatte sich doch auf ein Stück Torte gefreut, wie konnte er erfreut darüber sein, daß die Bäckerei geschlossen war? War das Chaos in seinem Kopf noch immer so groß?

Nachdenklich ging er in seine Wohnung zurück, um zumindest das Chaos im Wohnzimmer in Ordnung zu bringen. Doch irgend etwas hielt ihn davon zurück. Er saß stumm auf der Couch und betrachtete die Dinge, die es ihm in der Nacht zuvor ermöglicht hatten, die Unordnung in seinem Leben zu erkennen.

Schließlich fielen ihm seine Träume wieder ein, und es war vor allem der Traum von der neuen Kristofferson-CD, der ihn beschäftigte. Sollte er wirklich in die Stadt fahren und nachsehen, ob es sie schon zu kaufen gab? Gerade heute, an seinem dreißigsten Geburtstag? Am Tag, an dem er davon geträumt hatte? So einen Zufall konnte es nicht geben. Außerdem war er erst zwei Tage vorher in einem der Musikgeschäfte gewesen, und der Mann am Infostand hatte nichts von einem Erscheinungstermin gewußt. Andererseits: Wenn sich später herausstellte, daß sie bereits seit heute im Handel war, hätte er sich wohl geohrfeigt.

Was hab ich hier eigentlich verloren? fragte er sich eine halbe Stunde später, als er die Rolltreppe in die CD-Abteilung hochfuhr. Gelangweilt ging er durch die Reihen, durch die er schon so oft gegangen war; bei denen er genau wußte, wo eine bestimmte Platte zu finden war, wenn es sie denn gab. Schließlich kam er zur Country-Ecke. Mit mechanischen Schritten glitt er den Gang entlang und blieb wie ein Automat vor Kristoffersons CD-Fach stehen.

Eine Frau im Nebengang drehte sich erschrocken um. Da hatte doch jemand geschrien! Auch in den anderen Reihen wandten einige Kunden ihre Köpfe.

»Ist etwas geschehen?« fragte die Frau und blickte zu Lukas hinüber.

»Ja!« rief er und vergaß vor Freude beinahe, auf sein Sprachproblem zu achten. »Hier! Diese CD! Auf diese CD warte ich seit über drei Jahren! Seit über drei Jahren! Mein Gott, d-d-das gibt's doch gar nicht! Das ist... Das ist... einfach unfaßbar! Und g-g-genau heute! Ausgerechnet heute...«

»Na«, lächelte die Frau, »dann ist ja für Sie heute Weihnachten!«

»Nö, aber ich hab heute zufällig Ge-Geburtstag!« lachte Lukas.

»Dann gratuliere ich recht herzlich!«

»Danke, danke... Nein, sowas! Ich glaub's einfach nicht!«

Da war sie, *A Moment Of Forever*! Nein, *a moment of forever*, kursiv gedruckt, in weißer Schrift, und jedes Wort in kleinen Buchstaben. Lukas war so überwältigt, daß er nicht mal an seinen üblichen Rundgang dachte, sondern sich gleich zur Kasse begab.

»Sie strahlen ja richtig«, sagte die Kassiererin, während sie mit dem Scanner über den Strichcode fuhr. »Ist diese CD denn so etwas Besonderes?«

»Und ob!« rief Lukas und wollte nicht einsehen, weshalb er seine Begeisterung zügeln sollte. »Auf die Scheibe warte ich schon seit über d-d-drei Jahren!«

»Na, das ist ja toll«, lächelte die Kassiererin, obwohl ihr anzusehen war, daß sie mit Kris Kristofferson nichts anfangen konnte.

»Und ausgerechnet heute ist sie erschienen«, fuhr Lukas fort. »Genau an meinem Geburtstag...«

»Nun machen Sie schon!« rief ein Mann hinter ihm, der es anscheinend eilig hatte. »Fehlt nur noch, daß Sie im Lotto gewinnen, dann flippen Sie wohl völlig aus, wie?«

Lukas blickte ihn kurz an, doch er erwiderte nichts. *Am besten ist, ich halt den Mund,* dachte er, während er der Kassiererin das Geld in die Hand drückte, *sonst rutscht mir noch was raus.*

Eine halbe Stunde später saß er in seinem Wohnzimmer, trank ein Glas Sekt und lauschte der Musik. Das äußere Chaos war immer noch nicht beseitigt, doch innerlich war er ruhig und zufrieden. Er fühlte eine neue Hoffnung in sich; eine Hoffnung, die ihm sagte, daß er zwar laut Kant nicht mehr der Jüngste war, aber andererseits jung genug, um sich nicht mit dem Alleinsein abzufinden. Nachdenklich lehnte er sich zurück, schloß die Augen und mußte lächeln, als er die zweite Strophe des Titelsongs hörte:

»You were young enough to dream
Du warst jung genug, um zu träumen
I was old enough to learn something new
Ich war alt genug, um etwas Neues zu lernen
I'm so glad I got to dance with you
Ich bin so glücklich, daß ich mit dir tanzen möchte
For a moment of forever
Für einen Moment der Ewigkeit«

Ob Richard vielleicht recht hatte? Er würde noch viel darüber nachdenken müssen. Am besten, er würde vieles dem Zufall überlassen. Und wenn er es schaffen konnte, dem Zufall nicht von vornherein aus dem Weg zu gehen, würde sich manches als Bestimmung erweisen, als ein Ziel seiner Reise.

Die Gedanken der letzten Nacht hatten ihm viele neue Sichtweisen eröffnet und ihm die Zuversicht gegeben, von nun an einiges anders zu betrachten. Er hatte viel über sich selbst erfahren; vor allem, wer er war und woher er kam. Jetzt lag es an ihm, zu bestimmen, wohin er ging. Das Wichtigste dabei war, daß er er selbst und sich selbst immer treu blieb. Nur wenn ihm dies gelang, war es ihm auch möglich, seine Umwelt besser zu verstehen.

»You can't help nobody else if you can't be true to yourself – Du kannst keinem anderen helfen, wenn du nicht ehrlich zu dir selbst sein kannst« hieß es in einem Kristofferson-Song. War dies ein Teil seiner Bestimmung? Ehrlich zu sich selbst zu sein, um anderen zu helfen, indem er nachdachte und sie zum Nachdenken bewegte? In Liedern, Gedichten und Gesprächen? Gab es nicht unzählige, denen es genauso erging wie ihm? Von denen er nichts hörte, weil sie auch lieber den Mund hielten? War es denn so wichtig, wie er sprach; wie er auf andere wirkte? Kam es nicht darauf an, *was* er sagte und *was* er bewirkte?

»Der kann auch nicht aus seiner Haut«, hörte er seine Mutter sagen, und eine andere Stimme rief: »In dessen Haut möchte ich nicht stecken.«

War es nicht mitunter auch das, was Lukas in der letzten Nacht versucht hatte? War er nicht gedanklich in Richard geschlüpft, um in Zärtlichkeiten mit Martina den Verlust nachempfinden zu können, den Richard erlitten hatte? Trug er nicht in Gedanken hin und wieder ein kleines Kind in seinen Armen und spürte in der Brust das besorgte Herz der Mutter? War er nicht in die Haut des Vaters gekrochen, um festzustellen, daß er seine Kinder liebte und manchmal nur nicht wußte, wie er es ihnen zeigen sollte, weil er nicht aus seiner Haut konnte?

Und er, Lukas Blessing, wer war er, und woraus bestand er? Er hatte einen Körper mit einem Kopf, zwei Beinen, zwei Armen und vielen Organen. Vieles davon war austauschbar oder, wenn auch unter Schmerzen, entbehrlich. Was war es, was ihn ausmachte? Warum war er wie alle anderen Menschen ein Individuum mit einzigartigen Merkmalen sowohl äußerlicher als auch innerlicher Natur?

Es gab fast sechs Milliarden Menschen auf der Welt. Er konnte all diese Menschen in Gedanken an sich vorüberziehen lassen, und jeder einzelne konnte ihm dabei in die Augen blicken, so wie es auch ihm möglich war, jedem einzelnen in die Augen zu blicken. Jedem einzelnen, bis auf sich selbst. Er brauchte einen Vermittler dazu, ein Medium. Einen Spiegel beispielsweise oder eine Fotografie oder eine Filmkamera. Oder eine Nacht des Denkens, um seine Augen nach innen zu öffnen und unbehindert in sich selbst blicken zu können.